爱在天国百里路
天国までの百マイル

【日】浅田次郎 著
赖庭筠 译

TENGOKU MADE NO HYAKU MILE
By ASADA Jiro
Copyright©1998 Jiro Asada
All rights reserved.
Original Japanese edition published by Asahi Shimbun Publications Inc.,Japan
Chinese(in simple character only) translation rights arranged with
The Asahi Shimbun Publications Inc., Japan through Bardon-Chinese Media Agency, Taipei.
本书中译文由台湾高宝书版集团授权使用

版贸核渝字(2010)第 222 号
图书在版编目(CIP)数据

爱在天国百里路 /(日)浅田次郎 著;赖庭筠 译. - 重庆:重庆出版社,2011.3
ISBN 978-7-229-03162-6

Ⅰ.①爱… Ⅱ.①浅… ②赖… Ⅲ.①长篇小说—日本—现代 Ⅳ.①I313.45

中国版本图书馆 CIP 数据核字(2010)第 217606 号

爱在天国百里路
AI ZAI TIANGUO BAILILU
[日]浅田次郎 著
赖庭筠 译

出 版 人:	罗小卫
策　　划:	华章同人
执行策划:	张慧哲
责任编辑:	刘学琴
特约编辑:	王春霞
责任印制:	杨　宁
封面设计:	汝果儿设计工作室

重庆出版集团
重庆出版社　出版
(重庆长江二路 205 号)
中青印刷厂　印刷
重庆出版集团图书发行公司　发行
邮购电话:010-85869375/76/77 转 810
E-MAIL:tougao@alpha-books.com
全国新华书店经销

开本:880mm×1230mm　1/32　印张:7.625　字数:150千
2011年3月第1版　2011年3月第1次印刷
定价:25.00元

如有印装质量问题,请致电023-68706683

版权所有,侵权必究

1

在公园长椅上打发的时间愈来愈多了。

用饮水台的水洗把脸、到公共厕所小解后，坐在树荫底下的长椅上抽烟，等脸上的汗水风干。从垃圾桶里找出运动报，翻一翻征人启事、职棒战绩和其他新闻。因为手头不够宽裕，面对曾经热衷一时的赛马，已提不起一丝兴致。

城所安男抬起头来，仰望因午后日照而显得光耀刺眼的七叶树——跑业务很无聊，难道不能做些更有意义的事吗？

去年的夏天，还可以在凉爽的电影院里午睡，或到三温暖去打发时间，不过从荷包急遽紧缩的这个春天开始，就连买个香烟或者咖啡，都显得有点勉强。

事情之所以会变成这样，都是因为给前妻与小孩的赡养费和抚养费突然暴增。前妻通过律师事务所表示，由她抚养的双胞胎——一个男孩儿跟一个女孩儿——同时要上私立明星小学。毕竟孩子们的人生才刚起步，总不能说因为爸爸没钱而让他们输在起跑点上吧，于是他就答应了。

大笔的学费与相关费用先以前妻的名义向银行贷款，也算是所谓的助学贷款。此外由于孩子们愈来愈大，他们三个人就从普通公寓搬到三房两厅的大厦，也正因这样，原本一个月十五万元的费用，一口气增加到了三十万元。

其实这样扣下来，他每个月能支用的生活费已经所剩无几。

看样子，前妻高估了安男的经济状况。她从小到大衣食无忧，不曾为了钱伤脑筋。虽然大家都知道不动产业瞬息万变，但在那个荣华富贵如梦幻泡影的时代，却从来没人担心过这个问题。

"三十万啊……"城所安男在心中如咒语般喃喃念着。是啊，那个时候三十万只是一个晚上的酒钱吧。

安男不知道四十岁是正值壮年呢，还是已日薄西山？自从他过着要将全部薪水交到前妻手上的日子，他就认为四十岁的自己已经无法从头来过。

汗终于干了。

他的工作是推销包装材料，每天就这样拿着目录与样品到店家拜访。虽然公司规定一天要接到一笔订单，但现在实在很不景气，就算业务们走到双脚快要断掉，至少也要三天才能谈成一笔生意，而且只能卖卖印上店家名字的纸袋。

公司非常小，只有二十个员工。大家都知道城所安男在这里工作只是为了混口饭吃,每个人都觉得因为他是老板的同学,宣告破产后成为公司的寄食者。而事情的确也是如此,不需要多作解释。所以就算在这里工作已经迈入第三个年头,他仍然甚少与其他同事交谈,下班后也从不跟他们往来。在他们眼里,城所安男的存在,只是第二代社长好人好事的一个事迹而已。

安男面对目前的困窘已是束手无策。好不容易才还清四个月的债务,但现在就连坐在公园发呆,都不能买杯两百元的咖啡来喝,真的已经到了极限。

在向社长摊牌之前,安男认为应该先找律师谈一谈。

心情真是沉重。如果打电话过去,说不定人家会用录音机过滤电话,还是直接到律师事务所走一趟吧。虽然自己在泡沫经济时代对他还不错,但他现在一定认为我是个累赘吧。

律师野田是城所安男的高中同学,以前曾经担任"城所商产股份有限公司"的顾问律师。现在回想起来,当时地价高涨,野田还是托城所商产的福,才能自己独立开业成立事务所,而且那时候城所介绍给野田的同业,可以说如繁星之多。

然而,野田似乎并不觉得安男对其有恩,甚至每次见面时,野田的眼神都会流露看见瘟神的厌恶感。纵使安男想好好骂他一顿,但人一旦开始走下坡,便会连伸张正义的力气都消失殆尽。

虽然他提不起劲,但还是得见野田一面。

安男"唷咻"一声从长椅上起身,往神田车站的方向走去。

其实他原本就打算要到野田的事务所,才会在这里小憩。

安男拿出因汗发臭的手帕擦脸，并用舌头舔拭少了颗门牙的空洞。刚进入春天的时候，原本就有点摇晃的门牙终于连根掉落。近几年他消瘦许多，以往的霸气已不复见，而掉落的这颗门牙，可以说是压垮骆驼的最后一根稻草。此外，他的头发愈发稀疏，就连胡茬也明显变白。一副打了"穷酸"印记的长相。

他一直想，得去装颗假牙，否则好运就永远不会上门。

但是，他没有钱。

缺了颗门牙的穷酸相，可以说是自己堕入地狱的一个象征。

这个夏天还真是热啊……

"哎呀，你怎么还是一脸很累的样子啊。要是你打通电话过来，我就可以请你吃饭了嘛……真抱歉，我现在得出门一趟。"

果不其然，野田的脸色不太好看。打从高中时代，他就是一个算盘打得很精的人。

他之所以成绩很好，是因为他从来不参加社团活动，也不担任什么干部，只要跟课业无关的，他一律不闻不问，也因此被其他同学讨厌。但就结果来说，他是出人头地了。就拥有自知之明这一点来看，他简直是个范本。他知道自己要这样才有办法生存下去，以他的个性，绝对不可能当个成功的上班族，但也因为他做事总是得其要领，才能明白自己有几两重。

不浪费时间交际、不为他人左右、见人说人话、见鬼说鬼话：律师正是适合他天赋的职业。

"只要十分钟，十分钟就好，可以吗？我实在不知道该怎么办才好。"

"啊……那就十分钟吧。"

野田毫无诚意地看了看手表。什么"那就十分钟吧"，你这家伙难道忘了那手表是怎么来的吗？那是你开业的时候，我送给你的吧？！你这家伙就算再怎么赚钱，也不可能为自己买一只金色的劳力士吧。

野田一定忘了，他就是这种人。

"你先坐下吧。怎么了？跟中西吵架了吗？"

野田皱了一下眉头，看来还是不太高兴。当安男破产时，野田介绍他到中西的公司上班，这点安男很感谢。因为如此，他终于跟能那些债主划清界限，这两年也才能勉强度日。

"不是，他很照顾我。虽然我的确是他的一个包袱。"

"他人真的不错。虽然以前成绩不怎么样，但他很大方。他考大学的时候不是还重考两年，考上日大又留级一年吗？不过他很像日大的学生，很大方。"

野田这样说，难道是因为他留意到中大很小家子气吗？与其说社长中西很大方，不如说他心胸很宽大。

"是钱的事，就是我前妻还有小孩的赡养费与抚养费。"

野田仿佛听见什么惊人的事，发出"嘎——"的声音。

"但是城所，你现在说这些也没有用啊。三月的时候我们不是就按照对方要求，寄了书面数据过去吗？现在不履行不行啊。"

"我现在在给啊。"

"现在？……喂喂喂，那时候谈离婚，你这家伙说了什么，你还记得吗？你说这一切都是你的错，你拼了命也会负责到底。你现在还活得好好的，不是吗？"

"野田先生啊……"

完全无法辩驳的自己实在丢脸。至少两年以前，眼前的这个男人从来不曾叫自己"你这家伙"，当然，自己也从来不会称他为"野田先生"。

"我的薪水东扣西扣，每个月也就只有三十万啊。"

"那是你跟中西的问题吧？不是吗？"

"话是没错……但看我目前的职业价值，怎么能要求更多呢……说不定他会多少再帮我加一点，因为他很大方嘛。但就算他给我多一点薪水，我也实在负担不了那么多啊。"

"那为什么三月的时候你不说呢？不行就说不行嘛，我还能帮你说点话。都成既定事实四个月了，你才这样说，不是很麻烦吗？英子小姐也已经有她的规划，你现在才说负担不起，这怎么行呢？"

"野田先生……"

安男举起手制止野田继续说下去，就算丢脸也要把自己的难处说清楚。

"我就是觉得自己做错事，才会想说就算一天只吃一顿饭，也要满足英子他们的需求，但现在我就连那顿饭也没有了。"

"啊啊……啊啊……听不下去了。"

野田站了起来,他重新打好松脱的领带,并穿上西装外套。

"野田先生……喂,野田。"

"城所,我不是义工啊。再怎么说,我的工作都仅止于城所商产的破产管理人吧?一毛钱都没有拿,要帮你们夫妻处理民事调解的问题,还要帮你向同学低头拜托。结果你竟然跑来跟我说这些。"

"你不要说这种无情的话嘛。野田,拜托你了。"

野田像是看见什么秽物般,将安男抓住他西装衣摆的手甩开。

"什么?连一顿饭都吃不起?……你这些故事我已经听腻了。这样吧,我们现在把话说清楚。"

野田窥视着安男的表情,压低声音说道,"……你这家伙一定有藏钱吧?"

他一脸认真。野田用他神经质般的纤细手指抠弄着好不容易干枯的疮痂。

"城所,你这家伙在公司倒闭的时候,把钱藏起来了吧?"

"你不要开玩笑了。"

安男强忍怒意,好不容易说道。

"不管我怎么算,至少有五千万跑不掉,你老实招了吧!"

"你说什么鬼话。有没有那事,英子最清楚,她一直负责管理公司的账。"

"我就是跟英子小姐讨论很久才算出来的。就算那时候你破产前吃喝玩乐样样都来，也不可能在一年之内花掉五千万吧。"

安男在内心大喊，那其中有五百万是花在你这家伙身上吧！但他仍然把话硬生生吞了回去，并摆出卑躬屈膝的笑脸。

"没有那种事啦。"

"是这样吗？不过，对我怎么说都行。我知道一个月三十万实在不合常理，就算只有十五万，要你这家伙付也很勉强吧。但你却连续付了两年，而且又什么也没说再付了四个月，无论如何，都会觉得你一定有私房钱吧？不是吗？"

"不是这样。"

安男答道。他有满腔的话想要反驳，却只能吐出这几个字，他的下巴因为怒气显得有些扭曲。

"那你说你这四个月是怎么过日子的啊？你已经破产了，也不可能跟别人借钱吧？就算是地下钱庄，他们也会去调查。难道你成仙了，吃空气就会饱吗？嗯？"

野田的脸就像小白鼠一样。也不想想当我生意正成功的时候，你像个跟班一样跟着我到银座的酒店去，还把话说得天花乱坠的。

"而且你还要付房租吧？三坪大的套房至少也要三万或是四万吧？你家有浴缸吗？"

"没有那种高级的东西。"

"那你洗澡也要花钱吧？你知道我在说什么吧？就算你这家伙再怎么装傻也应该知道吧？难道你这四个月没有付房租、也没洗澡，然后一直吃空气吗？这样还要说你没有藏钱？"

"我真的没有，一毛钱也没有。"

野田在安男脸颊旁"哼"地用鼻子呼了一口气，才又将脸移开。

"反正你如果没钱，就直接去找英子小姐谈，我又不是义工。快走吧，不要老是摸鱼，辜负中西一片好意。"

野田跟员工咬了几句耳朵，便径自出门去了。

接着，员工走过来将杯子收走，"社长……啊，城所先生，抱歉，我们律师真的很忙。"

只见员工站在门口，摆明是要送客。

"啊……你一直看在眼里吧。哎呀呀，真丢人啊。"

"这也不是什么坏事啦，有道是'人生无处不青山'嘛。"

"这就是所谓'祸兮福之所倚，福兮祸之所伏'吗？"

城所安男起身看着窗外的那片天。

祸兮福之所倚，福兮祸之所伏。若真的如老子所说，那看来自己还要继续悲惨度日一段时间，不，即使就这样度过余生也不值得惊讶。算一算收支，他那十年间赚来的钱，都在十年内花得一干二净。

"社长，哎呀，城所先生，您不要气馁啊。"

"我已经够气馁了。"

"其实就我自己的经验，人是因为心里难过，才会觉得度日如年。"

看样子，这个员工也是一路苦过来的，他的一句话让人锥心。

城所尽可能地不与公司同事碰面。

他总是早早进公司，没多久就出去拜访客户。再回到公司时也已经下午四点，一写完报告，又匆匆地打卡下班。

除了他以外，公司里还有四个每天必须外出拜访客户的业务，就算他们桌子排在一起，也几乎不曾交谈。而公司给其他四人各配了一辆厢型车，他们对公司当然都有一定的贡献。

他写了份什么也不是的报告，便走向社长室。从前任社长时代便进入公司的业务部经理前几年过世，现在是由社长中西直接坐镇业务部。也因为如此，他们每天一定得碰上一面。每天都要交一张如同白纸的报告，实在令人难受。

"啊，辛苦你了。"

中西连看都没看，就在报告上盖了章。

"社长，您现在有空吗？"

嗯？中西红润的脸庞写着"好人"两个字。

只要提到日本桥横山町包装材料贸易商的第二代，无论是谁，脑海都会浮现这个形象吧？头顶光秃秃一片，加上圆圆的脸蛋、小小的眼睛，仿佛一只人见人爱的小象。

因为他对人总是有求必应，律师野田才会将这个烫手山芋丢给他吧。

从学生时代开始，中西就一直是野田如意算盘的受害者。因为按照五十音图排列,他们两人总是一前一后,野田会以提供笔记为诱因,要中西代替他打扫或丢垃圾。当然,只有中西才会觉得这种关系十分安全有保障,对野田来说,没有人比这种朋友还要好用了。就算他们作弊或者抄袭作业被发现,负责任的也一定只有中西一个人。

"你是要谈薪水的事吧?刚刚野田打了电话给我。你也真是辛苦呢。"

"哎呀,您已经听说了吗?"

嗯,中西点了点头,他的笑脸跟高中时代一模一样。

"我觉得野田说的话有点奇怪。"

"咦?他说了什么?"

中西显得有点为难。

"没有啦,他的意思是说你应该有钱,但我想没这回事吧。"

"那是当然,他还说了什么?"

"他说如果你跟我提什么要求,叫我别听你的。还说养一个破产的家伙已经很麻烦了……哎呀,是野田说的啊,我一点也不觉得麻烦……"

中西话说到一半时,资深的会计经理走进办公室。

"城所,抱歉,你等我一下。一下就好了。"

中西将支票本从金库里拿出来,用支票机盖上数字。

当社长在撕支票时,会计经理斜睨了城所一眼。

"社长,您现在在了解他的情况吗?"

"什么？要这样说也对啦。得让他作出点成绩来才行，不然对别的业务无法交代。"

"让他去驾训班上课如何？反正我们还有一辆车空着。"

"说得也是。喂，城所，你也应该去重考驾照了吧？"

他的驾照在两年前破产时的一片混乱中失效了，但他并不觉得生活上有什么不方便。没有驾照是他业绩不振的免死金牌，现在要他去重考驾照，真不是什么值得高兴的好事。

"说得也是……"城所安男的声音带着几许深沉。

"不管怎么样，总是不能让别人觉得公司对你有特别待遇。你要跟大家一起工作，拿出一样的成绩来才行。"

会计经理倾斜他鼻梁上的老花眼镜，分别看了看中西与城所。

公司里有几个自前任社长时代就进入公司服务的经理。中西对他们总是客客气气。

"嗯，那我继续跟他谈谈，辛苦你了。"

会计经理恭敬地向中西鞠了一个躬，接着走出社长室。当他关上门的那一刻，与城所四目交接。

"一定很多人跟您抱怨吧？"

"没有啊，我是社长，不会让他们说那些有的没的。先不说这些事……"

中西摸着他的秃头望向安男，脸色十分凝重。

"他说你从三月开始一个月要付三十万给你前妻，那你平常到底怎么过活的啊?"

即使像这样面对面交谈,安男也不打算有所响应。他这阵子怎么过的呢?不,应该说他到底如何度过这两年的呢?他实在无法开口说明。

"你该不会是去借高利贷吧?好不容易想到一个宣告破产的全身而退之计,如果还去借高利贷,不就没意义了吗?"

对中西说谎真是件痛苦的事,但他又无法道出实情。

"虽然说是借钱没错,但我是跟亲兄弟借的,没关系。"

"这样啊,如果是这样就好……还是不太好,就算借了钱,事情还是无法解决吧?所以你才会来找我谈啊,不是吗?"

"嗯……您说得是。"

中西将身子陷入办公椅,抬头仰望着天花板。他不是刻意要摆脸色,而是真的感到很困扰。

"我也很伤脑筋呢。第一个,会计经理不会答应。如果这样的话,我就只能私底下帮你了,可是我的钱又是我老婆在管。如果我有一些玩乐,还可以从那边报一些账,但你也知道我这个人既不打高尔夫球,平常也不怎么喝酒。"

"没有关系,谢谢了。请您当做没这回事吧。"

"不行啊,这样你的问题还是没有解决啊。"

"我会想办法的。"

"你一定觉得自己必须要负责吧?我也是啊,我也希望可以尽量照顾我的老婆小孩。但每个月三十万啊,你不觉得有点夸张吗?"

"哎，没办法，谁叫我之前就是让他们过那种生活呢?"

"如果你们住在一起，我还可以理解。但是……你们明明就已经离婚了啊，'夫妻本是同林鸟，大难来时各自飞'，你老婆都已经丢下你不管了，你也用不着跟自己过不去吧?"

"我老婆就算了，但我总是得养小孩啊。"

"真是无奈啊……"

"没关系啦，没关系。让您听这些真是不好意思，请您帮我转告野田，我会自己想办法的。"

"真的吗？我还是会想想看有没有什么法子，不过你不要太期待啊。"

就在安男明白跟别人商量都是白搭了以后，开始后悔今天的一切。

真的已经山穷水尽了。

如果他上吊自杀能领到保险金的话，至少还有条路可走，但他早就把保险给解约了。

而且他也没力气去抢银行。

虽然明天就可以领薪水，但再过个五天，银行存折里的数字又得归零。

2

城所安男有一个不为中西、野田所知的秘密。

当然，他并没有私自藏了五千万。那个秘密是他之所以能够前两年都将大半薪水交给前妻，以及这四个月甚至可以将全部收入双手奉上的唯一原因。

回程，他坐在每站都停的总武线列车上摇晃着身体，其实只要坐中央线快速电车，不用十分钟就可以到家，但他没有需要节省时间的理由，也跟早晚的交通高峰时刻完全无缘。

然而唯有周末，安男才会回自己的公寓，他通常在途中的东中野站就会下车。

那是一个小小的，从古至今完全没有改变的神奇车站。从站台眺望的风景，也与安男孩提时代看见的几乎一模一样。

东中野离新宿只不过两站距离，但却让人有种置身郊外的错觉。安男走出车站，漫步于同样被时间遗忘的商店街中。白天的热气逐渐消失,夕阳下的微风轻轻吹拂,好不舒畅。

自商店街向左转,沿着神田川方向步下斜坡。茉莉的屋子就在这片盖满古老公寓与三层楼房的迷宫里。

茉莉曾经说过,当初搬家时还因为车子没办法进来,让搬家公司伤透脑筋。她也说过就算带发生一夜情的男人回家,也不用担心被缠上。虽然安男心想她这样说只是要面子而已。

但这里的路真的十分复杂,为茉莉的话增添了几分真实性。

眼前这栋三层楼的建筑物挂着一块"柏木合作住宅"的板子,话说"柏木"这个地名,早就从地图上消失很久了。也因为如此,让人明白这栋建筑物至少已经有三十年的历史。

阶梯上方的十二个信箱,顶多只挂了六个姓氏,但那并不表示这里还有空屋。

"你好,你回来啦。茉莉小姐还在哦。"

要到歌舞伎町上班的菲律宾人亲切地向自己打招呼。

"你好啊,路上小心。"

"我出门啰。"

每隔几个月,这栋建筑物里形形色色的居民就会完全不同。但茉莉这个邻居都跟他们有来有往。

茉莉就是这样一个女人。

三楼茉莉家门户大开。

"这也太夸张了吧,没有开冷气吗?"

两间感觉上只有两坪多一点的三坪房间,中央是一张大大的床铺,而原本用来隔间的纸门被拆下,斜立于床的旁边。

茉莉面对向西的窗户化着妆。

"你还在家啊?"

"嗯,今天我跟客人约了在外头碰面,再一起进夜总会。我煮了咖喱,一起吃吧。"

"你不是要跟客人去吃饭吗?"

"反正我晚餐都吃两次,没关系。"

"你这样会胖的。"

"我喝水也会胖啊,还不是一样。"

当茉莉将脸上的粉底抹匀,她的脸看起来更大了。

"吃完饭再擦口红。"

茉莉站起身时,她身上那件夏威夷风蓬松连身洋装也随之飘舞。她用双手环绕住安男的颈项。

他不想说自己是为了生存而与这个气球般的女人同居,但为了维护一个男人的名誉,他也的确不会爱上眼前这个女人。

两人长长地吻住对方,亲吻过程毫无激情。安男此时陷入沉思。

他并没有选择这个女人,也不会是茉莉选择了自己。这种生活可以说是一种宿命。

现在回想起来,茉莉曾经在银座高级酒店上班这件事,本身就令人难以置信。在那个如梦一般的泡沫经济时代,也许每家酒店都人手不足吧。

茉莉在酒店里扮演着衬托兼职女大学生的角色。只要茉莉将她那巨大的臀部塞入包厢之中，其他公关小姐就算毫无才艺，只要年轻，不，只要不胖就能散发无限魅力。

当然，安男不记得那时自己亲近过她。在酒店打烊后，安男常常带一群公关小姐去吃饭，而茉莉可能也曾经是其中一人吧。

他宣告破产后就与银座绝缘。而他某个星期天在新宿闲晃时，却与茉莉不期而遇。其实他完全不想与旧识见面，因此装成一副没看见茉莉的样子，没想到茉莉却穿越人潮，朝自己追了过来打招呼：

"社长！好久不见！"

在讨厌的地方遇上讨厌的家伙，真是烦人的一件事。曾经，他是银座的传奇人物，走在路上都会有风。他可不希望坏事传千里，还传到银座去。

但那天，当两人在屋顶啤酒花园干杯致意后，他却将发生在自己身上的事全都告诉了茉莉，为什么呢？可能是因为安男并没有把这个丑到极点的女人视为女人，甚至没有把她看做是人吧。

两人喝醉了以后，便一同回到这个房间。为满足自虐的渴望，他那晚与茉莉发生了关系……

"安男，现在好吗？"

茉莉的唇游移于安男耳朵旁，她小声地问道。

"等会儿吧。"

"你每次睡着就不肯起来。"

"我答应你，我会起来啦。"

幸好他从未履行这个诺言。茉莉不曾将熟睡的安男摇醒，安男也总是在茉莉还没张开眼睛前便出门上班，而且还自订了一个周末要回高圆寺公寓的不成文规定，因此两人甚少有机会交谈。

在这两年的同居生活中，他与茉莉发生关系的次数屈指可数。

"安男，我跟你说，我想要回银座上班。"

茉莉一边热着炉上的咖喱，一边说道。

"不要吧。现在那么不景气，银座生意很难做啊。"

"新宿也是啊。昨天连一个指名的客人也没有。"

"今天不是还有客人约你一起吃饭吗？现在回去银座，不可能会有这种好客人啊。"

"可是夜总会的客人很讨厌，每个人脸上都写着'来搞吧'，真是烦透了。"

"银座的客人不也是吗？他们只是心机比较重，让人看不出来脑袋里在想什么而已。"

"哼……原来是这样啊……"

茉莉将盘子放下，坐在安男对面。

"安男，你干吗，不要这样看我啦，我脸上有沾到什么吗？"

"没有啦，我只是在想，你瘦下来一定是个美女。"

"吃饭啦。"

忽略安男说的话，茉莉径自吃了起来。

那不是表面话,安男常常会这样想。虽然说她至少要瘦个二十公斤才行,但她的长相一点也不差。

"我来认真减肥好了。"

"算了,会把身体搞坏。而且如果只瘦个五公斤还是十公斤,还不如不要减。"

"你好过分……夜总会里啊,还有些客人有恋肉情结呢。"

"恋肉情结?"

"对啊,就是喜欢肥仔的人。"

看着茉莉远超过七十公斤的巨大身躯,安男不禁将口中的水喷了出来。

"抱歉,抱歉。但应该不是喜欢肥仔,而是觉得肉肉的感觉不错吧。"

"我不就是肉肉的吗?"

安男再一次将喝入口中的水喷了出来。

"安男,你振作一点!那我重说一次好了。喜欢肉肉感觉的人是假性的恋肉情结,有的客人是真的恋肉情结哦。"

"哦……真的恋肉情结吗……"

"对啊。他们只要像揉女人胸部一样揉我的肚子,就会觉得很兴奋。不是爱抚哦,只是在捏肉而已……啊,抱歉,我一直说些奇怪的话。"

"还好啊,没什么。"

茉莉为了掩盖自己的失言,默默地吃下一大盘咖喱。安男以前从来没有看过世上竟然有人可以将食物吃得如此美味,这已经超越了低俗还是贪婪的境界,而是能让人感受到一股生命的丰满,光是看着就会觉得心情很好、很感动。

"你不会吃醋吗?"

"不会啊,而且我也没资格吃醋吧。"

"我吃饱了。"

茉莉像马一样喝下一大杯水后,在打嗝的瞬间,同时叹了一口气。

"我有点失望。"

"你希望我吃醋吗?"

"当然啊。因为我爱你啊。"

"我也不会跟自己讨厌的家伙在一起啊。"

茉莉嘿嘿地笑了,她那双弯弯的眼睛惹人怜爱。

"好,这样就够了,不要再耍嘴皮子。我想这句应该是你的真心话吧。"

豪迈地拉开衣橱,茉莉挑选着适合的服装。成排华丽、夸张的衣服让人不禁心想,不知道要到东京的哪里才能买到这些衣服。

"这会不会太朴素啊?"

茉莉将一件绣着银河图样的洋装斜放在身上,认真地问道。

"嗯,你不是有一条孔雀色的披肩吗?大概有三公尺的那一条,配这件洋装刚好。"

"对啊。"

茉莉拿出披肩挂在肩膀上。

"我有一种快要抓狂的感觉。"

茉莉对着梳妆台抹上大红胭脂，将镀金的华丽手链套在手上，最后挂上如马匹嚼子般的耳环，尽管这身打扮国籍不明，但她总算是做好了度过笙歌鼎沸夜晚的准备。

"我等下要出门一下。"

"晚上会回来吗？"

"嗯，应该比你早吧。"

茉莉从不曾深入追究安男的行动。不，若是用英文来说明，应该说她从来不曾问过他以 W、H 开头的问题吧。与其说那是她的个性，不如说那是身为女公关的一种礼仪。

"我想去医院看看我老妈。"

茉莉熟练地把盘子洗干净之后，把一个被水沾湿的信封放在桌上。

"祝你妈妈早日康复。不过那不是我的钱，谈钱伤感情。"

"不用啦，你不用这样。"

"你拿去又不会怎么样。"

"你也还没领薪水吧。"

"这是有恋肉情结的客人给我的，反正上面又没写名字。"

安男低下头，说了声抱歉。

"我们不是说好不讲什么抱歉、对不起的话吗？而且说好要那个的嘛。今天我会把你叫醒哦,我那个快来了。"

茉莉高声地笑了笑,尔后便走出家门。

安男独自一人坐在突然安静下来的房间里,默默地吸着香烟。

茉莉到底多少岁了呢……今年初一去参拜的时候,她感叹地说自己已经三十好几了,但记得五年前他们在银座俱乐部认识,当时茉莉也是这样讲的。

他明明跟茉莉同居了两年,却对她的一切一无所知。

被水沾湿的信封里放了三张一万元的钞票。

要到妈妈住的大学附属医院,必须从三鹰站转搭公交车。

当公交车行驶于草坪与杂木林之间,灰暗的夜空忽然飘起雨来。

姐姐在半个月前通知他关于妈妈住院的事。他原本不想去探病,但姐姐希望他工作时可以抽些时间到医院去。其实妈妈一直有狭心症的毛病,一年里总是会被送进医院几次,并不需要慌慌张张地跑去探视。

只不过,与妈妈见面还真是难受。

安男出生后没多久,在一般公司上班的父亲就因为出差而死于交通事故。

坚强的妈妈独自一人将四个孩子拉扯成人。苦读的大哥从国立大学毕业之后便进入一流企业,二哥拿奖学金进入医大,而姐姐则是嫁给在银行上班的精英。只有安男这个老幺,虽然跟哥哥们一样考进都立升学高中，但却在考大学时惨遭滑铁卢，从此与社会主流无缘。

尽管他曾经拥有一番成功事业，也只有妈妈打从心底为他感到高兴。当他公司倒闭，哥哥们只说了句"看到了"，唯有妈妈深深地替他心痛。

当安男过着每天赶三点半跑银行、轧支票的生活，妈妈也拿出自己微薄的积蓄，试图助他一臂之力。

当公交车停在耸立如一座白城的大学医院前，雨势忽然大了起来，如瀑布般的雨水自车廊流下。

由于过了访客探病时间，一般门诊区有如沉入水底般宁静，安男心里忽地浮现一股收到妈妈讣告而赶往医院的感觉。

总有一天会这样吧。而且一定也是要赶到这间妈妈来惯了的医院。

安男在电梯里计算着妈妈的岁数，她今年秋天就要迈向七十，也就是人家说的古稀之年。有心脏方面旧疾的她，最担心的恐怕就是这个老么。

安男走向七楼内科的护理站，在探病时间外的登记表上写了自己的名字。尔后，素未谋面、戴副眼镜让人觉得冷淡的护士直盯着自己的脸。

"您是城所先生吗？"

"是的。家母承蒙您照顾了，谢谢。"

"你们长得真像，一看脸就认得出来。"

"咦？家母吗？"

"不，是红十字医院的城所医生。"

"啊……您认识我二哥吗？"

"我前阵子还在广尾的红十字医院做事。哇，真是像呢，只是整个人小了一号吧。"

真是令人不太舒服。二哥大自己两岁，学业、成就都比自己要好得多。从小两人就常被拿来比较，而安男怎么样都无法欣赏二哥读理科的冷淡性格。而对安男所作所为最看不惯的，恐怕也是这个二哥。

虽然二哥数年前在涩谷商业大楼内开业，但一个星期内的某些时段，他还是会到以前服务的日本红十字医院出诊。

"真是麻烦您了，哥哥也真是的，应该让家母住进离他比较近的医院嘛。"

"其实一般来说，医生们都很不喜欢这样呢，患者也可能会特别任性吧。更何况这不是城所医生的专长……对了！刚好今天是主治医师值班，他好像说有话要跟家属谈，您稍等一下。"

"啊，不，如果这样的话……"

安男心想自己并没有立场了解病情。虽说自己也是儿子没错，但他却只是个跟班。

"那个，护士小姐……我想还是等我哥哥来再说吧……"

"请往这边走。"

护士对安男的话充耳不闻，招呼他走到护理站里头。

一个穿低领白袍的医师注视着 X 光片，感觉有点神经质，一看就知道是内科医生。

安男就这样走进护理站。

"我们打了好几次电话，你们很忙吗?"

医生皱了皱眉头，语气中带有责备之意。

"我们是打电话到长男家里。"

护士接着补充，虽然不知道是对谁而说。

安男背脊升起一阵寒意。

真是的。那些家伙都没有在照顾老妈嘛，把她一个人丢在这里。

"抱歉，我大哥他工作很忙。"

"这样啊。听说您二哥是东京红十字医院的医生?"

"嗯，应该说他自己在外头开业，有时候会到红十字医院出诊。他是耳鼻喉科的医生，平时也非常忙。"

"那的确是会很忙。嗯……那姐姐呢?"

医生理了理桌上的数据，再度带着责备的语气说道。

"她已经嫁人了。"

这完全不成理由。医师用白眼瞪了瞪安男，尔后叹了一口气。

"其实只要是家属就好了。如果哥哥们很忙，那还有嫂嫂吧。所谓的看护，不是说把所有事情，甚至是人命，就这样丢给医院的意思啊。"

"真的非常抱歉。"

安男一面低头，一面在心里嘀咕，为什么自己要为哥哥们的不孝道歉呢……

医生看了看 X 光片便陷入沉默。他那副聪明人的表情在荧光灯的光芒下显得十分冷淡。

"有什么……"

医生斜眼瞪着安男，看他要说些什么。

"您好好地看一下这里。这是将血液送到心脏的冠状动脉，这么重要的动脉却塞满了胆固醇，变得很细很细。特别狭窄的部位有这里、这里跟这里，这附近也很严重，看得出来吗？"

医生将正常血管的 X 光片与妈妈的放在一起，如此一来，妈妈病症的严重程度便一目了然。

"只要任何一个地方塞住，就会引发心肌梗塞。为了避免这种情况，我们之前让她吃一种名叫沃法令阻凝剂（warfarin）的药物，还有血管扩张剂，就是人家说的硝基甘油（nitroglycerin）。这些对轻度狭心症有很明显的效果。"

"啊……我知道。家母觉得胸疼的时候，都会舔那种药片。"

"没错，就是那个。只不过依您母亲现在的情况来看，已经不能期待锭剂发挥效用。我们目前是用点滴一起补充硝基甘油与钾剂，也就是说……"

医生将视线重新放在 X 光片上，并拿下眼镜。

"也就是说，若不随时补充硝基甘油，心脏随时都有可能停止跳动，非常危险。"

危险。刚刚那一长串的说明,只是这两个字的铺陈。安男重重地闭上眼睛,那听起来就像是种死亡宣告。

"有没有什么方法……"

"是啊,我也想了很多方法,有一些狭窄的部位,可以靠置放气囊的方式来改善。"

"气囊?"

"对,气囊。用导管将气囊放在狭窄部位,然后让它膨胀起来。这样一来,血管就会被扩张。或者是,在那些部位放支架或线圈。只不过就像您现在看到的,您母亲的血管不只是全部都变得很细,而且特别狭窄的部位太多了。那些让部分血管扩张的治疗方法,根本就派不上用场。不可能有用。"

安男虽然拿出了记事本,但却无法写下任何东西。

他有一种站在大雨中,身体却完全动弹不得的感觉,而且愈来愈冷。

"有没有什么其他……"

不孝的负罪感让他不禁垂下肩膀。老妈,死,老妈就要死了。安男拖着椅子靠近医生。

"我什么都愿意做。能不能拿我的心脏跟我老妈的交换呢?我老妈是因为我才变成这个样子,我什么都愿意做。拜托您。"

"城所先生,冷静一点。"

护士拉住他的肩膀。

"我能了解您的心情……只不过……"

这么重要的事情，为什么哥哥他们不闻不问呢？

"我不相信，我不相信。"

安男就像个孩子般用双手捂住眼睛。小时候，他总是会想万一妈妈死了该怎么办，没想到这一天真的来了。

"其实，城所先生……"

医生的语气开始变得和蔼。

"现在不是说不能动手术，就是所谓的'心脏绕道手术'，开一条新的血管绕过这附近的狭窄部位。"

安男点了点头。

"无论如何，请您一定要试一试，救救我妈妈。"

"请您听我说完。可能这话不是很好听，但我们已经错失了动这项手术的时机。"

太迟了。这句话在脑海里奔腾。他说的错失时机就是这个意思吧？

"冠状动脉绕道手术是大手术，必须使用体外循环，也就是在人工心肺机帮助下让心脏停止好几个小时。您母亲的心脏现在是否能承受这种负担，真是……"

安男的膝盖禁不住战栗起来。妈妈娇小的身体，要在手术台上被切来切去。若是她承受不了，就会在开膛破肚的情况下死去。

"……还是不行吗？"

"不，我们的教授目前还在思考。您知道吗？春名一郎教授，他是心脏外科的权威。等他那边有了结果，我再联络您吧？您的电话是？"

安男告诉医生他公司及茉莉住处的电话。高圆寺的公寓没有电话。

医生的表情和缓许多，最后苦笑道：

"这样您能了解我身为主治医师的难处了吧？您的家人们都太小看您母亲的病情了。"

"真的非常抱歉，我会马上联络我两位哥哥。"

"嗯，麻烦您了。这么严重的病情，我总不能只打电话通知家属吧？您今天来真是太好了。对我这个内科医生来说，有一种放下重担的感觉。"

也就是说，内科已经一筹莫展了吧。

安男读了读医生写着"藤本"的名牌。他看起来只有三十出头，这个医生身为妈妈的主治医师，竟然比血亲还要尽心尽力，一想到此，他也只能低头致谢。

"藤本医生，这段时间真是谢谢您了。"

"我还不能放手啊。如果真的不能动手术，我就要一路奉陪到底了。"

这句话听起来就像是说他会尽可能延长妈妈的生命，直到妈妈过世为止。

"那您快去病房吧。虽然这可能是我多管闲事，不过您的母亲明明有四个孩子，但这半个月却谁也没来看过，她一定很寂寞。"

妈妈的病房就在护理站旁边。

安男目测着走廊的宽度,担心妈妈是否会听到他与医生之间的对话。

现在才八点多,内科却像半夜般宁静。大学医院总是以最新设备为傲,但过度明亮的照明却让人觉得非常刺眼。

安男骤然想起医院在安排病房时,病况愈严重的总是离护理站愈近,这可以说是一种常识。一想到这个,他的心情又更沉痛了。

妈妈这几年常常住进医院,但这是第一次被排在护理站旁边。

宽广的病房里只有四张床。这种无意义的空间暗示着妈妈病况的不寻常。

"妈。"

安男站在走廊上呼唤妈妈。妈妈躺在靠窗的病床上,她缠着点滴管的纤细手臂闻声动了一动。

她的脸明明朝向窗外,却对安男的声音随即有所反应。安男心想,老妈果然满脑子都在想我的事情。她慢慢地转过头来。当她认出站在门边的安男,嘴边便浮现一抹微笑,她举起打着点滴的手,摆出 V 字的胜利手势。妈妈的开朗令人胸口满满的。

"你不要动啊。"

他踉跄地向前走去,那种不安的感觉就像走在云朵上。恍若一场噩梦。

　　这是他第一次看见妈妈悲惨的模样。就算再怎么穷,妈妈绝不会让人看见她的穷困。她深信怨天尤人、给别人添麻烦是一种耻辱,因此,她总是打直背,笑着面对人生。她也从来不曾对别人抱怨生病的苦痛。

　　这样的妈妈,现在却两手都打着点滴,还要靠鼻导管吸取氧气。心电图机的线路就像蜘蛛网般,缠绕着妈妈这只蝴蝶。

　　但妈妈仍然笑了。

　　"妈,你怎么回事……"

　　安男走到床边,连一句话都说不完整。纵使他有很多话想说,但一想到自己是妈妈唯一的担忧,就什么也说不出口。

　　他无法正视妈妈的脸,当他在圆椅坐定后,便开始环视纯白的病房。

　　靠近门边有一个盖着塑料被,看样子随时都有可能往生的老人熟睡着。对面的病床拉上了帘子,只见护士的影子在里头移动。而旁边的病床则是空的。

　　妈妈跟随着安男的视线,最后小声地说道:

　　"隔壁那个人昨天还在呢。"

　　噗噗,妈妈恶作剧般地笑了:

　　"阿安啊……"

　　妈妈张开她的左手,她呼唤安男的语气与昔日他还是个孩子时毫无二致。

以前，当她提着大大的公文包回家，总是会对在路边玩的安男这样唤道。而每天到了黄昏时刻，安男也会出门，一面在路边用蜡石涂鸦，一面等着妈妈返家。

妈妈的手掌干枯地如一片鱿鱼干。

"你也真是的，该不会是一个人到这里来的吧？"

安男指责般问道。

直到现在，妈妈还是一个人住在石神井的老旧公寓里，不肯接受孩子们的照顾。

"我在消防署登记过啊，只要打一通电话，救护车马上就来了。"

妈妈声音细微，却有着如笛音般贯穿流风的力量。

"那时候我在洗衣服，没想到就发作了。就算舔了两片药也没有用，我才赶紧打电话叫救护车。我本来想说其实就这样去了也好，可是……"

"你开什么玩笑！"

安男呵斥出声后，流下两行清泪。

孩子们一个个从三坪大的公寓离开。每送走一个人，妈妈的白发就多一些。

"开什么玩笑！"

在大哥要搬进附有奖学金的配报所时，妈妈临别前为他煮了红豆饭，为了庆祝，也为了表达歉意：

"孩子，对不起哦。如果家里有房间给你念书的话，你说不定就考上东大了。"

安男不记得哥哥那时是怎么回答的。

"开什么玩笑!"

再一次,安男又再一次斥责妈妈。

二哥后来住进乡下医大的宿舍。还记得那时妈妈在公寓下方握着二哥的手,握了好长一段时间:她应该也是在道歉吧,说什么我没有能力让你去读私立医大之类的话。

四个孩子就这样依长幼顺序,一个个离开了妈妈。

"开什么玩笑……"

姐姐自短大毕业后就到银行工作,也在那个时候搬进公司宿舍。过没多久,她就带着一个看起来十分聪明的年轻精英到家里拜访。当他说出如电视剧台词般的提亲话语,妈妈听着听着便失去微笑,接着低下头,最后还坐着向他鞠躬致意:

"谢谢您。正如您看到的,我们家环境真的不好,明知道这是桩门不当户不对的婚事,还是要请您让小女幸福。"

妈妈的头一直没有抬起来,让前来提亲的男子显得有点不知所措。

将孩子们送出家门后,妈妈就像浦岛太郎打开宝物箱那样一下子苍老了许多。

"开什么玩笑!"

"我没有在开玩笑。妈已经老了,不能再为你们做些什么,而且你们都表现得很好啊。"

"还有我啊。"

妈妈笑了，提供她氧气的管子也跟着颤抖。接着，她无可奈何地看着安男：

"是啊，你是怎么搞的。公司倒了，老婆小孩也跑了。"

必须换个话题才行。

"都是名字取得不好。再怎么样也不能叫'安男'吧，发音一样的字还有健康的'康'、安泰的'泰'、靖安的'靖'啊（"安男"的日语发音，与"康男"、"靖男"、"泰男"发音相同。但意义不同，日语中，"安"有"便宜"、"廉价"之意——译者注），甚至还有其他的字。"

"那你去改名不就好了。"

"那是老爸给我的名字，我怎么能随随便便改掉呢？老爸留给我的东西，也只有这个名字啊。"

妈妈用眼睛笑了笑，她握住安男的手掌，她的眼神仿佛是在说，他不是给了你这个身体吗？

"你不喜欢吗？名字。"

"当然啊。哥哥们是高男和秀男，姐姐叫优子，为什么我叫安男呢？每次在写汇票还是支票的时候，我都觉得好丢脸哦。社长城所安男……不管怎么想，这个名字都迟早会被银行当做拒绝往来户嘛。啊……还有我那个无缘的老婆，她的名字是英子呢。大家都很好哦，有个吉祥的名字。"

安男自嘲地笑出声来，妈妈也跟着他笑了笑。

"你还真是开朗呢,这就是你的优点。"

"……这么说也没错,那的确是我的优点。如果我跟哥哥们一样个性,我可能已经死三次了。"

"对了对了,我想起一件事,英子小姐前天来过哦。"

"英子?"

真是令人难以置信。没错,比起那些无情的儿子、媳妇来说,英子以前的确很照顾妈妈。但两人目前已是大难来时各自飞的情况,为什么她还会来妈妈这儿探病呢……

"她怎么知道你住院了呢?"

"啊……那个啊……"

妈妈迟疑了一会儿,说道:

"虽然英子小姐一直瞒着你,但她每个星期都会打一两次电话给我,每个月也都会带孙子们回来看我。"

"真的吗?怎么会这样,那不是跟以前一样吗?"

"然后,她说那天她打电话给我,我没接,她就问了邻居。"

安男还来不及生气,只觉得非常羞愧。没想到已经离开自己的英子,竟然一直代替着那些冷淡的哥哥、嫂嫂照顾着妈妈。

"你这个男人也真是没用啊。"

妈妈缓缓地说了句重话。

"那么好的人,你竟然做出对不起人家的事……啊……真丢脸。"

"妈,丢脸的是我吧。为什么哥哥他们没有一个人来呢?如果哥哥们好好照顾你,英子也不用这样多管闲事。"

"才不是多管闲事吧。那个孩子真的很温柔呢。"

"她才不温柔呢。"

安男差点就要开口抱怨每个月生活费倍增的事,他赶紧干咳几声掩饰过去。

"不是她温柔,而是哥哥们太薄情了。"

"没有啦,大家都很照顾我啊,更何况又没什么事。"

"开什么玩笑,把有心脏病的七十岁老妈妈一个人丢在家里,这一点都不正常吧?"

"你还不是一样?"

"那……话是这么说没错,咦,没有啊,我那时候新家落成,不是就要你搬过来跟我们一起住吗?是你自己不要的啊。"

"我的决定是对的啊,不是吗?我那时候就有不好的预感。"

"不好的预感?"

"是啊,你那时候说你在世田谷盖了一栋大房子。这不是很奇怪吗?你两个哥哥明明也只住在大厦里,优子他们也好不容易才在八王子那里有了自己的房子。为什么你这个跟班可以在世田谷买那么大的豪宅呢?那种莫名其妙的房子,你觉得我能去住吗?"

妈妈的字字句句都打击着安男,但也令人不能不佩服妈妈的洞察先机。那的确是正确的决定。

"后来呢?英子有没有说什么?"

"没有啊,她只是来探病而已。她说藤本医生告诉她有事要通知家属,但因为她已经不是我们家的人了,所以她不能跟医生谈……咦?你不是听英子小姐说,才来看我的吗?"

"不是,我是听姐姐说的。她说妈住院了,叫我一定要来。搞什么嘛,她自己还不是没来。"

妈妈仿佛想起英子的体贴,一双眼睛直盯着微暗的天花板。

"英子小姐在这里哭了。她哭着说了好几次对不起,她说,我什么都愿意做,但顾虑到哥哥姐姐的感受,所以帮不上忙。"

安男不想听关于英子的事,于是站起身来。

"哎呀,阿安,你要走了吗?"

"气死我了,我要去找哥哥他们。"

"算了吧,他们会以为你又要借钱哦。"

"这根本就是两回事吧。如果我有能力的话,也不用靠他们,我自己来就行了。可是,现在我什么都没有,可以说寸步难行啊。只有我一个人听医生说,又能怎么样呢?像这种紧要关头,要他们出一点力也不为过吧。"

"就算你说了又怎么样呢?妈妈我最了解孩子们的个性。"

妈妈闭上双眼,大大地吐了一口气。

"对不起,我累了,先睡一下哦。"

想来,妈妈是不希望继续讨论哥哥们的事吧。虽然她没有说出口,但面对这种情况,最感到不可思议的,一定就是妈妈本人。

"再见啦,阿安。"

妈妈吃力地举起发紫的手臂,微微地挥了挥手。

"妈,你不能死哦。我一定不会让你死的。就算我的公司倒了,但我不会让你也倒下去的,我会把你的病治好。"

妈妈没有回应。

深沉的呼吸声传来,她假装自己睡着了吧。

3

要做的事情堆积成山。

但无论如何都必须先跟哥哥们见面,此时此刻不容许有丝毫犹豫。

大哥住在世田谷上马,二哥住千岁乌山,而姐姐家则是在八王子。总之先去搭京王线再说。

安男在医院入口搭上往杜鹃丘的公交车。公交车里开了冷气,夜雨不停地拍打着公交车的车顶。

安男用手梳理被雨淋湿的头发,一面规划接下来的行动。

首先,他必须将个人情感摆在一旁。目的只有一个,那就是——救妈妈。哥哥、姐姐现在都对自己退避三舍,他能理解他们的心情:两个哥哥与姐夫都正值四十壮年,身处于决定人生胜负的重要时刻,疏远已经破产的弟弟也是当然的。

为了保护自己的生活,想必哥哥们一定有着心照不宣的默契

吧。当安男的公司面临危机,他为了请哥哥们当自己的保证人,曾经与英子一同去哥哥家拜访,却都被相同的台词拒绝:

"我没有插手你生意的能力啊,我现在可是泥菩萨过江,自身难保呢。"

当时城所商产的负债高达十亿日元,与其说哥哥们冷淡,不如说那是他们冷静之下的正确判断。

但是,妈妈的生命与自己的境遇不能相提并论。

雨丝显得更密集了,不仅如此,窗外开始刮起强风,将杂木林吹得歪歪斜斜。几个在途中上车的男人,带来了气象报告的消息。

听说原本应该在九州岛登陆的强烈台风,忽然改变行进方向直扑东京而来。

安男有种全世界的灾害、不幸都跟自己过不去的感觉。

"可是这也太奇怪了吧……"安男望着满是雨水的车窗,兀自地思考。

为什么救护车送妈妈到医院时,哥哥们没有来呢?

虽然说妈妈住院的确不值得大惊小怪,她每年总是会叫个一两次的救护车,但就算是一而再、再而三,心脏病发作也不是什么可以轻忽的小事。若是发生像藤本医生说的心肌梗塞呢?她早就没命了吧。

他从来不曾看过妈妈发病时的模样,也不知道发病当时她要承受多大的痛苦,但至少她还可以自己叫救护车,并指定到自己常去的大学医院。就算是这样,身为紧急联络人的大哥或是应该很了解这种病的二哥为什么都没有赶到医院呢?

安男相当郁闷。

事情可能是这样:也许是妈妈自己拜托救护人员不要联络哥哥们,因为每个患者或多或少都有些难言之隐,如果没有生命危险,医院也会尊重患者本人的意愿吧。

"开什么玩笑……"安男在心里喃喃自语。

不依赖孩子们的妈妈、不闻不问的哥哥们,就算他们的想法一拍即合,但安男却无法接受,更不能原谅。

在雨刷完全不起作用的风吹雨打中,公交车缓缓地向前行驶。等公交车抵达杜鹃丘站时,时间已接近晚上十点。

车站前的公共电话排了长长的队伍。安男全身湿答答地横越交通岛,走进电话亭里。

应该要先打电话给大哥吧。安男心想,在电话里不用多说什么,总之他一定要跟哥哥们见个面才行。大哥是名副其实的利己主义者,什么事都以自己为出发点来思考,而且一定会评估事情对自己有利与否。

接电话的是大嫂。

"抱歉,这么晚还打电话来。我是安男……"

话筒另一端传来瞬间的沉默,大嫂可能皱起眉头了吧。

"啊,阿安啊。真是不凑巧,你大哥他还没回来呢,说不定他今天要住在公司了。"

一听大嫂的口吻,就知道大哥在家,因为大嫂接电话时,总是问一句答一句的。她刚刚说的这段话,就像是早早贴在墙壁上,以防不时之需的台词。

"我有急事要找大哥,是关于老妈的事。"

"——妈?她怎么了?"

安男隐忍就要爆发的怒气。

"怎么了……大嫂,你应该知道老妈住院的事吧?"

"那当然啊,怎么了?情况不好吗?"

他无意回答。如果这通电话是妈妈的讣告,那大哥应该就会接了吧?安男的脑海中浮现大哥在客厅一边倾耳听着妻子的应对,一边擦拭手中高尔夫球杆的画面。

"就是因为情况不好才会住院啊。她自己一个人叫救护车到医院的。反正,请大哥打通电话给主治医师藤本先生,如果他很忙,那大嫂你打也是一样。这么晚打来真是抱歉了。"

安男自顾自地挂上话筒。

这对薄情的夫妇会说些什么呢……

"怎么了?他又来借钱了吗?"

"没有,他说妈妈状况不太好,要你跟主治医师藤本先生联络。"

"嗯……应该没什么好担心的吧。啊,我想起来了,好像医院通知过我,要我到医院听医生说明老妈的状况。你就帮我去一趟吧。"

"我?——我才不要呢。如果是要讲病情,让秀男去不就得了?他是专家啊。"

"说得也是。那我等下打通电话给他……安男那家伙,一定被老妈骂了吧。"

"对呀,所以就迁怒到我们身上,真讨厌。"

"算了,别理他。"

"我当然知道。"

——应该就是这样吧。

等心情稍微平静之后,安男开始拨电话给二哥。二哥不会假装不在家,但相反,他是个完完全全的无情之人。因为他原本就没有良心,因此总是表现得理直气壮。

二哥接起电话。

"喂,我是安男。"

"喔!好久不见,你还好吗?"

二哥的声音如钢铁般沉重。他从小时候开始,就有着绝不示弱的个性,而为了贯彻他的信念,他待人接物不亢不卑。他这样的性格也在他独立开业、不需要看人脸色后更上一层楼。

"抱歉,这么晚还打电话来。我想跟你谈谈老妈的事,现在可以过去你那里吗?"

"老妈的事啊……"

二哥语气明显平静许多,这句话就像是在说:"原来不是要借钱啊。"

"我刚刚在医院听了主治医生的说明,但用电话一时讲不清楚。"

"我听主治医生说过了啊。"二哥不以为意地响应道,"虽然我是透过电话听他说的,就是那个姓藤本的医生。"

"什么嘛,你已经知道了吗?"

"虽然循环系统疾病不是我的专长,但我也还算是个医生,一听就明白了。好像她三根都堵住了吧?"

"三根?"

"啊……简单来说呢,就是心脏有三根主要血管,就是冠状动脉,而老妈的三根冠状动脉听说都变得很窄,已经没有办法用气囊还是激光来治疗……"

"可是医生刚才说动手术说不定治得好。"

因为话讲到一半就被打断,二哥的语气激动起来:

"你说什么傻话。就是因为不能动手术,才一直用药物控制,不是吗?你不要讲得一副还有希望的样子,医生不可能跟你说动手术就会好的,我就觉得治不好。"

还有什么话能比这更冷淡呢?安男仿佛感觉到二哥正用他厚重镜片下那双如爬虫类的细眼透过话筒注视着自己。

"说什么治不好……你也只跟医生通过电话而已吧?你不跟医生见面,不看看老妈的状况就说这种话,二哥,你这样也太过分了吧。"

"我是一个医生。"

二哥的声音听起来就像是有人拿枪抵住他的头。

"……反正我先过去你那里一趟。"

"没这个必要吧。如果你这个时间来找我,我家人会很困扰。"

安男差一点就要怒吼出声,他越过玻璃望向雨景,开始深呼吸。

"二哥,难道老妈不是你的家人吗?我就算了,难道老妈不是你的家人吗?"

"你不要尽说些无聊的话。我不相信你这家伙,当初要是我踏错一步,现在也跟你一样身无分文了。"

"我没有要说我的事,我是要跟你谈谈老妈的身体。"

曾经当过护士的二嫂在话筒旁突然说了一句"换我讲啦"。说时迟那时快,二嫂一把抢过话筒,用她充满男子气概的高亢音调说道:

"阿安,你不要得寸进尺哦。说什么要讲老妈的事?……我看你只是想找个借口来借钱吧?"

二哥在一旁说道:

"别说了。"

"不行,你就是对阿安太好了……喂,阿安,我先把丑话说在前面,你该不会忘记你曾经想害我们家负债的事情吧?老妈的事,我们跟大哥会处理的,你不用插嘴。"

"二嫂,你开什么玩笑。"

安男强咬着牙,怒气使他的胃开始绞痛。

"你说哥哥他们会处理?根本就没有人在管吧?老妈她是自己叫救护车,自己到医院去的啊。"

"那是因为妈妈她太固执了啊,她连一通电话都不肯打给我们。"

"可是你们总知道老妈她已经住院了吧?"

"那……话是那么说没错啦,可是我们一直很忙啊。"

"就算再怎么忙,也不会有生命危险吧?老妈她说不定就要死了啊。"

此时,二哥把话筒抢了回去。

"喂,安男,你不要太过分。这跟我老婆没关系吧?如果你有话想说,就冲着我一个人来啊。"

安男不知还能说些什么,只能闭上眼睛。

总而言之,哥哥们现在只想保护自己的美满生活。跟这些只想到自己的人,其实也没有什么好说的了。与哥哥们一同度过那段贫苦童年的自己,没有理由不明白他们的心情。

"二哥……"

安男的语气就像个孩子。

"什么?要用苦肉计吗?"

"我不是要跟你借钱,这点请你一定要相信我,我只是想跟你讲老妈的事。"

雨声回荡在话筒沉默的那端。

"我能明白哥哥们不想破坏现在生活的心情。我也是这样啊,好过的时候,根本从来没有想过老妈的事。大家都在石神井那间三坪大的公寓长大,当医生、做生意、嫁给银行分行经理,但我觉得我们不能忘记是谁一路供我们吃、供我们穿,不是吗?当然啦,我知道我是最让老妈伤脑筋的小孩,可能没资格说这些话,我真的知道，但能不能请你再认真考虑一下。拜托你。"

二哥陷入沉思，这种情况实在非常少见。

"算我求求你了。我说的话没有人肯听，请你跟大哥还有姐姐说一声吧。他们都太小看这件事了，只会说什么'应该没怎么样吧'，但二哥你知道的，对吧？这次真的很严重。"

"他们现在采取什么治疗？"

过了一会儿，二哥以医师沉着的口吻问道。

"我真的不太懂。"

"你把今天看到的照实告诉我。"

果然就连二哥也不觉得妈妈的病情有那么严重吧。

"病房在护理站旁边，房间很大却只有四张床。"

"那应该是加护病房吧。"

"不是，是一般病房，都是些重症患者。那里放了很多机器，老妈也是用机器在打点滴的感觉。还有，她鼻子里插着送氧气的管子，身上缠了很多线……"

"好了，我知道了。我会到医院一趟。在那之前，我会先跟大哥联络。"

安男全身虚脱地跌坐在电话亭里。

"主治医生说会有一个姓春名的教授为我们详细解说。"

"春名？春名一郎吗？"

"啊……好像是。你认识他吗？"

"他是冠状动脉绕道手术的权威……真的那么严重了吗……"

二哥的语气又硬了一些。

"二哥,要快。就明后天去一趟吧。"

安男告诉二哥他公司的电话号码。

当他挂上电话,心情虽然轻松了一些,但无颜以对的羞愧却随即取而代之。

安男看着自己倒映在玻璃上,一蹶不振的脸庞,不禁心想——若是我事业还很成功……

他应该不会找那两个无情的哥哥,或是找任何人帮忙吧,只要他自己就可以给妈妈最完善的治疗。但现在的他没有钱,也无法控制时间流逝的速度。而且,他没有丝毫气力独自为妈妈的生命负责。

安男走向滂沱大雨中的交通岛,想起前妻的事情。

好久没跟英子见面了。上次见面已经是去年圣诞夜的事情,那时两人和孩子们一起吃饭。还记得是他拜托野田律师居中协调,才好不容易能与他们聚餐。目前,他只知道英子与孩子们住在大森那儿的大厦,其他完全一无所悉。

没想到,对自己如此冷淡的英子,竟然离婚后还是这么照顾妈妈。当然,她对自己应该已经毫无眷恋。她是个本性体贴温柔的女人。

安男不想一身湿地搭电车,就走向等着搭出租车的队伍。到东中野要花多少钱呢?他拿着茉莉给他的钱,总不能说因为比较近,就坐出租车回高圆寺的公寓吧。

4

"哎呀呀,安男,你怎么啦?淋得那么湿……"

茉莉高分贝的声音刺进安男的梦里。

他的眼睑感受到一阵光亮,而他希望这只是一场梦,他灰心丧志的生活只是一场梦。

"快点起来,你至少得把西装外套给脱了吧……咦?你没有喝酒啊。"

茉莉一把将安男抱起,嗅着他领口的气味。

"安男,你怎么啦?身体不舒服吗?"

"没有,我没事。我只是累了。"

"再怎么累,也不会穿着湿淋淋的衣服睡觉吧?发生了什么事?"

"一讲就要讲到天亮了。反正就是发生了让我穿着湿衣服睡觉的事情。"

茉莉忽然像只猴子般笑了。她熟练地为安男宽衣。

"你不想知道是什么事吗？"

"还好啊。如果你讲出来会轻松一点，我就听你说。但事情没有那么简单吧？来，睡吧。"

茉莉脱下安男的袜子，用她的双手温暖着他冰凉的脚掌。

"遇到讨厌的事情，最好把它忘了。一说出口，不就又得想起了吗？这样一点也不开心。"

"话是这么说没错。但你还是会在意吧？你不是喜欢我吗？"

"嗯……还是算了。安男讨厌的事，我也不会喜欢的。来，把裤子脱了。我帮你放热水，你先盖着被子吧。"

茉莉将衣服挂在衣架上后，拿着浸湿的内衣裤走进浴室。她开始哼起歌来。

安男钻进被窝里，点燃一根香烟。

"安男，没问题的。跟我交往过的男人，都会愈过愈好呢。"

茉莉哼歌之间，说了这么一句话。

虽然茉莉老是将这句话挂在嘴边，但安男心想也许她是对的。她总是能让人感到安心。

虽然他并不爱她。但他之所以会选择与她同居，也不全是基于经济方面的原因。宽容的茉莉能让男人受了伤的心真正地歇息。

"他们都上哪儿去了？"

"他们？"

"就是那些愈过愈好的男人。"

"因为他们本来就是好男人啊，所以就回那些好女人身边了。"

茉莉再度像只猴子激烈地笑了。但她真的在笑吗？

"你还真看得开。"

"那种男人太多了，一个跑了再找一个就成啦。女人也很好哄，只要有了新的男人，就会忘记以前的事。"

"啊……原来是这样啊。"

"银座就不行了。因为很多人只是来应酬的。那些在一流企业上班，报公司账到酒店挥霍的男人是不会受伤的，他们真的很奢侈。可是呢，新宿的夜总会就不一样了。"

茉莉脱下她的丝袜后回到房里，细细的双脚与她丰腴的身材不成比例。

"我才不会被那些男人约束呢。他们都是失败的好男人。"

茉莉将洋装褪下，丢在一旁；她用膝盖靠着床沿，窥探着安男的表情。

安男常常搞不清楚这个女人究竟是愚蠢呢？还是聪明？应该说她没什么家教，但却很会说话吧。就算她开这种沉重的玩笑，也不会让人发闷。

"失败的好男人吗？"

"是啊，就像你这种。"

就像在抚摸一只小鸟般，茉莉用手指触碰安男的脸颊。

"男人总是会打肿脸充胖子吧。你要怎么知道他们是失败的好男人呢？"

"你想知道吗?"

"是啊。不过我从一开始就是这副德行了。"

"嗯……安男的确是例外。那好像是一种爱的告白,说'我输了'……我跟你说,要找这种我喜欢的男人啊,很简单的。只要看身上的衣服就行了。"

"衣服?"

茉莉的呼吸满是酒气,她指着安男吊在窗帘轨道上的西装外套,"他们都穿着皱到不行的 Armani 或是 Burberry。"

安男一身冷汗。这个女人果然聪明。

她很清楚男人饱受风霜的失败过程吧。首先,他们会没有钱,接着股票、不动产也愈来愈少;被女人抛弃,甚至妻离子散、家庭破碎。被钱逼急的时候,身上值钱的东西都拿去典当;最后,只剩下西装。

"原来如此。皱巴巴的 Armani 吗……可是为什么呢?很少人喜欢这种失败的男人吧?到底哪里好了?"

"哀愁。"

茉莉搬出早已准备好的台词。但安男却觉得,说不定茉莉也曾经与那些男人们有过同样的对话。他心里闪过一丝醋意。

"我有什么哀愁呢?"

"有啊……安男的哀愁可是数一数二的呢。"

"数一数二的哀愁……那是种称赞吗?"

"因为啊,我认识以前的安男,每天晚上让司机开奔驰载你到银座花天酒地。失败也分很多种等级，我还没看过哪个男人像安男一样急转直下。啊……真是迷人，我最喜欢了。"

茉莉一边说着，一边用力地抱着安男的颈项。

"也就是说，我的失败等级非常高啰？所以我的哀愁也……"

"是啊。说白一点的话，可以说安男本身就是哀愁的综合体。有种背负着人生的感觉，老是忘不了过去的美好时光。这种感觉真不错，我好喜欢。"

安男这时意识到，茉莉真是个奇怪的女人。

然而，换个角度来看，男人也总是喜欢那些背后有故事的女人。

两人双唇交叠。茉莉的舌尖轻探着安男缺门牙的牙床。

"我跟你说……"

安男将嘴唇移开。

"我老妈可能要死了。"

好一会儿，两人就这样脸贴脸，静静地听着窗外的雨声。

"你今天说她住院了……你去看她了吗？"

"嗯。她躺在床上，好像一盘意大利面。她心脏不好。"

茉莉在耳边吐了好大一口气。她激动的情绪自脸颊传来。

"安男，对不起。"

"为什么？"

"我刚刚误会了。我还以为你今天去了那里，然后发生了讨厌的事，才会心情这么不好。"

"那里?"

"就是你太太还有孩子那里……我以为你要跟你家人吃饭,才骗我说你要去看你妈妈。"

"可是你不是给我钱吗?还说祝我妈早点康复。"

"安男……"

茉莉撇过脸,窥视着安男的双眼。

"那是因为我希望你自己买单啊。虽然我喜欢失败的男人,但我可不想让你前妻请你吃饭。"

原来如此,探病带个三万日元的确也太多了,拿来付四个人的晚餐钱倒是刚刚好。

茉莉真是个好女人。

"然后呢?你妈妈状况不好吗?"

"嗯。我两个哥哥什么都不管,连医院也没有去。所以我被医生骂了一顿。"

安男就要脱口而出英子的事,但还是硬把话吞了回去。

"听说她心脏的血管乱七八糟的,再这样下去就没救了。现在就看要不要动手术。不,应该说还在确定能不能动手术。"

"嗯……"茉莉起身,脱下陷入肉里的内衣。只见她白色的肌肤上,留着内衣深刻的痕迹。

"真是雪上加霜呢。"

"这也是哀愁的一环吗?"

茉莉没有应声,只是怔怔地看向满是雨滴的窗户。

"安男已经失败多久了呢？"

"从开始到现在已经整整两年了。"

"如果快的话，就差不多了。"

"什么？"

"就是东山再起啊，快的话两年，最慢也只要三年。"

她真是会说话。但总该会有些征兆吧？目前说自己能够东山再起，他是说什么也无法相信。

"我不可能啦。"

"安男，你知道吗？以前那些男人每个都是这样呢，快的话两年，最慢也只要三年。"

也就是说，两三年后那些男人都选择抛下眼前这个女人了吗？

"那跟我老妈的病有什么关系呢？"

"有，当然有。如果我的直觉没有错的话，不，应该是说以我的经验来判断……"

茉莉站了起来，伸了一个大大的懒腰，就像是要将房间的空气全都吸进体内。

"根据我的经验，东山再起之前一定会发生一件很重要的事情。沉寂了这么久，一定要发生某些事才会使人重新振作，而这件事会改变你的人生。安男，我跟你说……"

茉莉丰满的身躯转了过来。她的表情一派正经。

"你不能让你妈妈过世哦。我一定会帮你加油的，这一定是场比赛，跟你的人生大有关系。一定是这样的。"

安男自床上站起身，仰望着茉莉。

是这个女人救了那些男人吧。那么，他们为什么要抛弃她呢？

雨声盖过浮世的杂音。安男忽地有种感觉，自己这两年来都身处于位在大都会角落的虫蛹当中。

"我如果东山再起，也不会离开这里。"

茉莉望向略嫌低了点的天花板，微微地笑了。

"我可以相信你吗？"

"嗯，我答应你。我不是那么无情的人。"

"谢谢。"

当茉莉将视线移向安男的脸庞，她的笑容中带着眼泪。

如果救了妈妈一命，自己也会再度像一只蝴蝶，飞向无边无际的天空吧。

"一起洗澡吧。"

茉莉对安男伸出她的手掌，她的手掌柔软得不像人类所有。

5

四个兄弟姐妹已经多久不曾像这样聚头了呢?

怎么想都想不起来。安男说,应该从大哥离开石神井的公寓以来,四个人就没有再聚在一起吧。

"你说什么傻话。阿安公司倒闭之前,我们不是在石神井开了一次家庭会议吗?"

姐姐补着因流汗而花掉的妆,倒映在粉饼盒镜面上的她皱了皱眉头。

"大家都会忘记自己的不幸。"

二哥回应时一边透过窗户的光线,端详妈妈胸部的 X 光片。他不安地叹了一口气。

"怎么样?秀男,不太好吗?"

站在窗边的大哥转过身来问道。

"很难。"

二哥简洁地回答。这是医生经常使用的一个答案，意思就是非常糟糕吧。

"阿秀你说很难，是怎么样的难法？有生命危险吗？"

来自四面八方的四个人共处于一间会议室里，而夏天的艳阳无情地自向南的窗户照射进来。

"姐，心脏病当然会有生命危险啊。"

"我是问到底有多严重？"

姐姐的表情不如她说的话那般深切。她关上粉饼盒后，在椅子上伸直了背：这个突然想到进而端正姿势的动作，是兄弟姐妹们共通的习惯，也只有在这一秒钟，无论是谁都像极了妈妈。

大哥离开窗边，在Π字形长桌的一端就坐。

"好久。"

他拨开深蓝色夏季西装的袖口，看了一眼手表，十足成功生意人的姿态。

"巡诊很花时间的。刚刚我看了一下，春名一郎教授的巡诊果然不一样。"

"根本就是皇帝出巡嘛。那个春名教授真的这么伟大吗？"

"他可是世界权威呢，是这间医院的黄金活招牌。"

二哥压低声音环视其他三人。

"那真要感谢上天呢。这么伟大的医生来帮老妈看诊，也算她有福气。"

"果然家里有人是医生就不一样。"

二哥面向大哥及姐姐，煞有介事地点了点头。

安男前天与二哥通电话时就知道二哥没见过春名教授。看着他一副托自己的福，老妈才能受到重视的样子，他不禁觉得这家伙还真是令人作呕。

"然后呢？情况怎么样？"

安男问道。众人的视线聚集于二哥手边。

"这是显影 X 光片，医生会将导管插入脚的这附近，再将显影剂注入血管，这样一来，心脏周遭的血管就可以看得很清楚。"

"就像喝硫酸钡显影剂那样吗？"

大哥越过二哥的肩膀凝视那张 X 光片。

"嗯，很像。但这个检查没有那么简单，对了……是谁签同意书的？"

众人面面相觑，没想到这个检查跟动手术一样需要家属签署同意书。

眼见大家都没有反应，安男此时想到一个人，便回答：

"我想是英子签的。但我不确定，应该是她吧。"

他原本是想讽刺哥哥姐姐们的无情，没想到姐姐却大喊：

"拜托，阿安，你有毛病啊？竟然拜托你前妻做这种事。"

"不是我拜托的。之前只有英子一个人来看过老妈啊，一定是因为我们都没人来，她才会代替我们写的吧。"

"那英子不会打通电话给我们吗？她已经跟你离婚了，怎么签同意书啊？该不会是写城所英子吧。"

"她怎么可能打电话呢,更何况医院也打过电话给姐姐吧?就是因为我们都不闻不问,英子才会签名的,而且她也只能签城所英子吧。"

姐姐的不快更加明显了。其他三人背对着白板,瞪向对面的安男,他们的眼神就像在说,这里没有你说话的余地。

"她也太爱管闲事了吧?大哥,你说对吧?"

姐姐争取着大哥的认同。

"嗯……虽然不好说是爱管闲事,但这样的确有点鸡婆啦。"

因为在其他人什么都不知道的情况下,英子突然就成了与城所家毫无关系的路人,他们会对英子没有好感也很正常。但就算她与他们联络,相信这些无情的人也不会想要帮她吧。

但安男没有力气回嘴。

"阿秀,现在到底怎么样呢?"

姐姐窥视二哥手中的 X 光片。

"嗯,是糖尿病造成的。你看,这里、这里还有这附近的血管都变得很窄吧?"

姐姐边点头,边翻白眼看向安男。

"阿安,你不看吗?"

"我已经看过了,主治医生那天有说明给我听。"

"这样啊。"

姐姐为了转移焦点,又将视线移回 X 光片上。

"糖尿病会引发很多并发症,动脉硬化就是其中之一,胆固醇积在血管里,就会造成下肢坏死、脑溢血、心肌梗塞等病症。老妈虽然还没有到梗塞的程度,但她目前算是狭心症,也就是说随时都有可能引发这些症状。"

有人敲门。护士探头问道:"人都到齐了吗?"随后医师团便进到会议室里。

四人一同起身。藤本医生看到安男时,微笑说道:"你好。"
"日本红十字医院的城所医生是哪一位?"
"我是。"二哥轻轻地举起手来。他难掩紧张地面向位于窗边上座的白发教授。

"啊,请坐。我是春名。"

教授身旁有主治医生藤本,以及看似新陈代谢科主任的医师,而年轻医生们则是人人手持笔记本,沿着墙壁而站。

"你是哪一所大学毕业的?"

春名教授在桌上交叉双手后,问了二哥这个问题。他直接称呼"你"的时候一点都不会不自然,原来医界就是这么一回事。

二哥有点不好意思地说出那间乡下医大的名字。

"这样啊。"

其实春名教授并没有看轻二哥的意思,但听在安男耳里却不怎么舒服。接着,二哥与教授三言两语地聊着共同友人的话题。医生们平时打招呼也是这样吧。

那是护理长吗?有个护士帽上有着三条黑线的护士恭敬地呈上资料,藤本医生接过后,将书面数据从信封里取出,放在教授面前。

在阅读这些资料前,春名教授瞥了一眼二哥手边的 X 光片。

"你跟他们说明了吗?"

腰杆直挺挺的二哥诚惶诚恐地回答:

"是的。就我所知道的范围。"

"那根本就是一目了然吧。"

教授拿下眼镜,换上老花眼镜后看着病历,一改方才的语气说道:

"我想刚刚城所医生已经向各位说明过了……各位的妈妈病况一点也不复杂,并不需要我多作解释。"

安男胸口一阵鼓动。教授口中的"不复杂",也就表示没有什么方法可选。

"冠状动脉有三处严重狭窄,只要血块一堵住,就会引起心肌梗塞。所以我们现在的处理方式是持续补充血管扩张剂,以及阻止血液凝固的药剂,这已经是内科治疗的极限。而这也是我今天之所以会在这里向大家说明的原因,之前我们一直在探讨是否有可能进行外科手术,也就是冠状动脉绕道手术……"

教授暗示着手术的困难性。他话只说到一半,便低头继续看着病历,似乎在考虑该如何表达。

"因为各位的妈妈患有糖尿病,所以心脏的机能原本就不太好……我认为动手术有很大的风险……"

在现场沉重的静默后,二哥断然地表示:

"我希望可以避免动手术,继续以内科的方式来治疗。"

教授拿下老花眼镜,喘一口气后说道:

"那是身为医生的意见吗?还是站在家属的立场呢?"

"当然是站在家属的立场,因为那不是我的专长。"

嗯,春名教授点了点头。

"那么,我可以当做那是全体家属的意见吗?城所医生的意思是说,与其冒险进行手术,不如以内科治疗来确实延长患者的寿命。各位的妈妈也有一定的年纪,我想这样于情于理都比较妥当。"

安男凭直觉下了判断。

这根本就是在规避责任吧。春名教授不希望自己亲手执刀,进行如此困难的手术。而且他将要不要动手术的决定权交给了二哥,当然,二哥不可能听不懂教授的暗示,也不会有所违逆。妈妈的生命就在顾及他人颜面的情况下被出卖了。

"医生……"

安男觉得必须采取些行动的思绪,化作了声音。

"什么事?"

藤本医生代替教授回应。

"那个,我不太懂这些困难的事,但我想,如果可以的话……"

安男之所以只把话说到一半,是因为藤本医生用眼神示意自己不要再说下去。安男原本想说的是,如果可以的话,他还是希望可以动手术。为了遮住他的嘴,藤本医生连忙眨了眨一边的眼睛。

"……嗯,还是算了。"

教授的表情看得出松了一口气。

"那么,我就将这个结论当做是全体家属的意见。没问题吧?"

现场没有人回答。过了半晌,二哥才抬起头来,说了一声"是的"。

"仪式"结束了。至少安男是这么认为。尔后,医师团留下家属,一个个走出会议室。

就像站在一片断垣残壁之中,哥哥姐姐们的表情木然。教授的一席话不是在说明病状,也没有选择任何的治疗方法,而是宣告了妈妈的死亡。在那短短的五分钟内,一群人决定了妈妈的生死。

"所以说,就是这样啰。只能这样了吗……"

姐姐好不容易吐出一句话,就再也什么都说不出口。

"姐,这也没办法啊,春名教授都这样说了。"

不对,安男心想,这只不过是场"仪式",而身为医生的二哥也加入祭司的行列。

"也只能这样了。老妈也不想动手术吧,她都一把年纪了。"

大哥的语气毫无温度。

安男看向夏季阳光满溢的窗户。

剩下的一点点希望,就是藤本医生他眨眼睛这个动作背后所潜藏的信息：他一定是想告诉安男还有别的方法，只是当场无法明说。

"走吧。我们去看看老妈，回去时一起吃顿饭吧。"

当大哥自椅子上起身，姐姐与二哥也像解脱般站了起来。只有安男，就像生了根似的一动也不动。不能就这样结束。

那是自己的错觉吧？为什么他们的表情都那么开朗呢？没错，自己没有看错，他们的脸色都一派轻松。

"喂，安男，我们走吧。现在你再想什么也没有用。"

大哥看了一眼手表，不禁催促着安男。妈妈都已经要死了，他到底还有什么事要忙？

"阿安，我们的心情跟你一样啊。一起吃饭，讨论一下之后的事吧。"

姐姐的表情意外地开朗。

之后的事？什么事？难道她已经打算要安排葬礼的事情了吗？

就在二哥打开门的那一瞬间，藤本医生又回到会议室。

"大家辛苦了。"

藤本亲密地拍着二哥的背，一面走进屋里。

"可以耽误一下大家的时间吗？只要两三分钟就可以了。"

二哥斜睨着藤本医生，有种被瞧不起的感觉，就像在说，我好歹也是你的学长吧。

"还有什么事？"

"是的。目前还有一种治疗方法。"

"春名教授已经说得很清楚了吧?"

很明显地,二哥在回避藤本医生的意见,质疑他为何又要旧事重提,不想给他说明的空间。

"我不会答应你们动手术的。冠状动脉绕道手术的权威都那么说了,你这个内科医生也没资格再插手吧。"

"您说得是。"

藤本医生轻轻地点头后,向他们堆起笑脸说:

"教授的确是建议采用内科的治疗方式。但其实我跟教授私底下讨论过了,当然这还要尊重各位家属的意见,春名教授表示有一个方法也许可行。站着总是不好说话,只要两三分钟就可以了,请各位听我说明一下吧。"

藤本医生窥探走廊外头后,将会议室的门关上,说:

"啊……这并不是什么秘密,请各位不要担心。"

"是不能公开说的方法吗?"

二哥在椅子就座后,满脸不愉快地说道。

"嗯,也可以这么说。就是简单来说……"

藤本说到这里,慢慢地看向家属的脸庞。他的眼神说明了一切,希望在场者不要向其他人提起这件事。

"春名教授之所以会作这样的决定,不是说无法动手术,而是这并非教授能力所及。"

二哥看着藤本的侧脸,思考了一会儿后,将双手在后脑勺交叉,苦笑道:

"也就是说……春名教授做不到啰？但我先把话说清楚，我们也不可能等我妈病情改善后，再把她送到国外治疗啊。"

"那是当然。而且老实说，各位的妈妈病情是不可能大幅度改善的，至少就内科来说。"

"……那你要说的是？"

"有一个医生可以进行这项连教授都做不到的手术。"

"医生，你别开玩笑了。"

二哥拿下眼镜，按摩着两眼之间的肌肉。

"是你们大学医院想要逃避责任吧。我在红十字医院待了那么多年，现在虽然自己开业，一个星期到医院出诊的时间不多，但我还是能明白医院的立场。不过，就算话这么说，你们就连尽可能延长我妈妈的生命都不肯，这也太过分了吧。难道你们打算随便找一个外科医生来动刀，然后说果然还是没办法吗？不会吧？"

"城所医生，请您不要这样质疑我们。"

藤本医生将手放在二哥肩膀上，尽管二哥字字句句都在挑衅，但藤本的表情却安若泰山。

"那你就说说看啊，好好地说明给我们听。提到冠状动脉绕道手术，至少在日本国内，我不觉得还有比春名教授更好的外科医生。"

二哥讲着讲着便激动起来。如果二哥所言不假，而非以小人之心，度君子之腹，安男也觉得医院很过分。大哥、姐姐的表情也起了变化。

就在藤本医生思考着该如何说明的同时,二哥一把抢过他手里的检查数据。

"让我看一下吧。"

"请。"

二哥眼镜后那如爬虫类的冷漠视线发着光,他将数据翻向下一页。

"像这样用人工心肺连接患者,然后把胸部剖开,根本就是在杀人吧。不是吗?而且血糖值的管理也不完善、肾脏机能衰退。最重要的是,我妈的心脏根本支撑不了,你们难道想用我妈来做人体实验吗?"

"请您把话听完。的确,春名教授是冠状动脉绕道手术的权威,若是教授判断的结果是不可能,就现代医学来看,可能真的无法进行外科手术。但也因为这样,教授才会私底下提出这个方法。"

"二哥,你就让他说嘛。"安男阻止又要反驳的二哥。

"你就先听他说完嘛,说不定老妈可以得救。"

二哥的疑问有十足说服力。但妈妈已经被宣告就要死了,就算那是骗人的,还是要抱着一丝希望。

藤本医生向安男微笑后,再度转向二哥:

"您知道千叶的圣马克斯吗?"

"千叶的圣马克斯……那是什么东西?"

二哥惊讶得皱起眉头。

"就是位于千叶鸭浦町的圣马克斯纪念医院。"

"啊……鸭浦不是渔港吗?"

"是的,就是那个外房的鸭浦。那里有个圣马克斯医院,是天主教的医院。"

"不知道,连听都没听过。"

藤本医生点了点头,仿佛就算没有听过也无所谓。

"那是间有点奇怪的医院,是由天主教全球性的慈善团体出资,希望在日本也能建造一个设备与欧美同等级的医院……"

"真是多事,很像梵蒂冈的作风。"

"是的,他们的确很多事。天主教似乎认为信仰其他宗教的国家都很落后……所以这间跟国内医学界从来没有交集的圣马克斯医院,才会忽然出现在千叶的渔港。"

"那又怎么样,这不是很好吗?"

二哥高声地笑了:

"然后呢?"

"嗯,那间圣马克斯医院的招牌是心脏外科。"

"等一下,藤本医生。"

二哥确认了藤本的名牌后,第一次称呼他的名字。二哥的表情又恢复方才的惊讶,而且他的语气更严肃了。

"用招牌这两个字也太露骨了吧。我能明白经营一间医院的困难,但要把心脏外科当做招牌,不就要有与大学医院同等级的设备?"

"您说得一点也没错。"

"我从来没有听说过外房鸭浦有一个这么大的医院。"

"的确是有的。"

"你去过吗?"

藤本医生的眼神飘忽不定,说道:

"没有……但我一直很想去看看。"

二哥突然拿起资料拍打桌面,道:

"你给我放尊重一点。难道你以为我只是个乡下医大毕业的耳鼻喉科医生,就可以这样瞧不起我吗?虽然我没有像你们那样辉煌的经历,但我至少知道冠状动脉绕道手术是怎么一回事。虽然在我家人面前,我不想把话说得这么悲观……"

二哥拿起冠状动脉的 X 光片,向藤本医生质问道:

"这里、这里还有这里,不是已经快要不行了吗?这种心脏,你们要怎么动手术?难道你们要一次连接三根血管吗?我妈心脏原本就不好,又有糖尿病跟肾脏功能衰退的问题,就连春名教授也看一眼就举白旗了吧?不是吗?就连大学医院的权威都不敢动刀,你竟然想把我妈推给千叶什么渔港里的那个叫什么斯的医院,有没有搞错?你想要杀人吗?"

大哥微微起身,语调沉稳地说:

"喂,秀男,你说的我们也都知道,但还是听听看医生怎么说嘛。"

藤本医生抬起头来，一脸得救的表情。在二哥剑拔弩张的压力下，思考着该如何继续说明。安男见状说道：

"总之，这关系到我妈的生命，请您有话就直说吧。二哥你先不要说话。"

"我知道啦。医生，您请说吧……"

二哥向藤本医生伸出手掌。

"那我说个方法让各位参考看看……由于圣马克斯医院具备心脏外科手术所需的最新设备，那里的医生也很优秀，说不定有日本第一的实力……"

"哼，谁会相信啊，日本第一应该是这间医院吧？"

姐姐开口阻止二哥：

"阿秀，你闭上嘴好好听嘛。"

藤本医生继续说道：

"那里有一个姓曾我的优秀医生，他一年就进行了一百五十次冠状动脉绕道手术。"

二哥蓦地抬起头：

"一百五十次……那怎么可能呢？"

"听说全国各地的患者都去找他看诊，甚至还有国外来的。"

"医生，我跟你说，我不知道那个曾我医生多有名，但他中元节跟过年总是要放假吧？要花上一整天时间的手术，他一年怎么有可能做一百五十次呢？"

"嗯，虽然用常识来判断，可能令人完全无法置信，但那是事实。"

"我不相信,他是超人吗?他到底是谁?"

"因为那间医院一直被国内医学界孤立在外,所以我真的不知道,听说曾我医生长年待在美国。"

"曾我医生……没听过,如果他真的那么有名,大家总是会传来传去吧。"

二哥仰望窗外的夏季阳光,双手在胸前交叉,斜着头兀自沉思:

"原来如此,原来是这么一回事啊。春名教授认同了那个曾我医生的实力,但他身为心脏外科第一把交椅,总不能说这个手术我做不到,要动的话就去找曾我医生吧。"

"您说得是。"

"所以才会这样私底下告诉我们吧。嗯,简单明了,原来如此啊。"

"请各位千万不要误会,我们医院绝对不是想要规避责任。身为一个外科医生,教授作出了符合良知的判断,而照顾这种患者也是我们内科医生的职责。只不过,我们站在医生的立场,希望能用最妥善的方法挽救各位妈妈的生命。"

"你们会写介绍信吗?"

二哥总算提了一个正面的问题。

"当然,由春名教授亲自执笔。由于圣马克斯的曾我医生与学会无缘,因此平时没有任何交集,但他们毕竟也算是同门。"

"同门？……东大吗？"

"嗯，详细的情形我就不清楚了，不过听说他们是相差十年的学长学弟。"

"嗯……"

二哥充满感慨地点了点头。而藤本医生也因为话已经说完而感觉轻松一些。

"就是这样。"

"嗯，原来如此。我明白了，就是这样吧。"

两个医生先是四目交接，又不着痕迹地避开视线。

空白了一秒钟后，大哥又看了看手表。

"这就是所谓的'死马当活马医'吗？"

等大哥说完这句话，藤本医生便向众人示意，走出会议室。

6

"阿安……"

妈妈的手摸了摸安男,他从病床上抬起头来。

原本他只是看着妈妈安详的睡脸,没想到看着看着就跪在妈妈身边睡着了。他起身,要坐在椅子上时,方才支撑着自己体重的膝盖感到一阵痛楚。

"啊,我睡着了。"

"看起来睡得很香呢,你累了吧?工作很忙吗?"

"一点都不忙,跟以前比起来,根本就像在天堂呢。"

"这样啊?这样也好。什么事都不能两全其美,有钱的时候没空,有空的时候没钱。"

妈妈疲倦地闭上她的双眼,当安男靠近她的脸庞,可以听见导管将氧气输送至她鼻腔里的声音。

当他想到妈妈的生命寄托于缠绕她全身的一根根导管上,哥哥与医生在会议室里的谈话便如梦一般。

"你还说了梦话呢。"

"说什么?"

"一直叫妈妈、妈妈的。"

"别说了。"

"哥哥、姐姐呢?"

"刚刚大家一起看着你呢,看了好一会儿。因为你睡得很熟,他们就先回去了。"

"啊……这样啊,我都没有感觉。真是浪费,好不容易可以见到大家。"

事实上并非如此。哥哥、姐姐只是看一眼妈妈的睡脸,便匆匆地回去了。前后大概不过两三分钟吧。

姐姐说,阿安一起吃个饭嘛,但自己就是提不起劲。一来,他想在妈妈身边尽可能多待一会儿,而且他也不想在饭桌上和他们讨论妈妈的生命。

那这里交给你啦,说完这句话后,他们就像逃走般离开病房。

"妈,我跟你说……"

该不该说呢?安男犹豫了。说不定会被哥哥、姐姐们骂。但与其由藤本医生来开口,不如现在就让她有个心理准备吧。

"什么事?"

"刚刚藤本医生跟我们说……"

妈妈轻轻地睁开双眼,看着天花板,接着,就像等候判决般

豪爽地点了点头:

"说我已经不行了吧?"

"不是啊。"

"你就直说吧,妈妈我不喜欢人家说谎,这样反而更可怕。"

安男垂肩叹了一口气,为什么自己不像妈妈那样有勇气又直率呢?

"他说千叶鸭浦那里有一间很好的医院。"

妈妈重重地闭上眼睛:

"就是说我要死了吧。"

"就说不是嘛。虽然那间医院在乡下,但有一个非常优秀的医生,是春名教授的学弟。"

聪明如妈妈,看来她已经猜到安男欲言又止的内容,所以才会什么也没说,只是静静地摇了摇头。

"不要啦,我会怕。你跟大家说算了,我已经活了七十年,够了。"

"不够。"

安男迟疑半晌,好不容易开口说道。

"够了,我已经受够了。妈妈我比你爸爸多活了四十年呢。"

当妈妈提及从未谋面的父亲,安男不禁泪流满面。妈妈工作了四十年,独力把四个孩子带大。

"妈……"

妈妈将脸转向其他地方。

"我不知道哥哥他们会说什么,但你可不可以认真地听我说一下。"

妈妈没有回答。病床边的机器发出细微的低频音,令人不太舒服。

"这是我这辈子唯一的恳求。你可不可以到鸭浦的医院动手术?"

"你这辈子唯一的恳求,我已经听腻了。"

明知道妈妈只是想要推托,但安男的心还是被这句话刺伤了。当公司面临经济危机时,他不断重复着他这辈子唯一的恳求,让妈妈一次又一次地拿出她微薄的积蓄。

"那样我会死的,我不想躺在手术台上,就这样莫名其妙死掉。"

"可是你这样躺在这里还不是一样?不是吗?"

"在这里等还比较好。"

可能是他表达得不好吧。但笨拙又极度惊慌的安男,已经想不出别的说法了。

"而且,如果到那种连听都没听过的乡下医院,你爸爸就不能来接我了,还是这里比较好啊。"

"妈,我求求你。"

安男握住妈妈连接点滴的手臂说:

"我什么都愿意做,虽然不能把我的心脏给你,但无论是血还是肾脏,可以还给妈妈的,我都愿意还给你。"

"那你把钱还给我啊——"

"妈……"

面对沉重的玩笑话,安男咬着牙继续说道:

"求求你,再多活十年、五年也好。等我东山再起,就可以还你钱了,拜托你。"

好一阵子,妈妈只是看着窗外,尔后她缓缓地转过头来。虽然她的眼角有泪痕,但嘴边却挂着微笑。

"哥哥他们一定会反对吧。"

"没有这种事。大家都希望妈妈可以长命百岁。"

才不是,妈妈无力中带着自信地说道:

"我知道的,会这样想的只有阿安你一个人。高男、优子、秀男他们都过得很好,所以虽然他们不讨厌妈妈,但不像你会这样想。"

"那是什么意思啊?"

"你不懂吗?"

"我不懂。"

"如果妈妈死了,就可以忘记小时候的辛苦。其实不是他们无情,每个人都是这样。高男、优子、秀男都很努力,也都出人头地了。我想,他们身边一定都是些从小就过得很幸福的人,所以啊,所以他们一定觉得忘记妈妈也无所谓。就连住在石神井公寓的事、以前很穷的事、送报纸、拿奖学金什么的,全都可以忘记。"

"我不喜欢那样,太没人情味了吧。"

"你之前不也曾经忘记吗?难道不是吗?"

也许吧……不,的确是这样没错。当自己生意成功时,他完全没有想到独自住在石神井公寓的妈妈,还有以往的种种。就像是要忘记旧伤口般。

他想起另一件讨厌的事。

当市场不景气,公司就要倒闭的时候,哥哥们弃自己于不顾,他们不只是不想和弟弟扯上关系,而是对弟弟背负的那些他们试图要忘记的贫穷与劳苦视而不见。

"阿安……"

安男向前倾身,以靠近妈妈微弱的声音。妈妈口中飘着一股透明的药味。

"我就再答应你一次这辈子唯一的恳求吧。"

安男的感谢说不出口,只能拼命地点头。

"但我有一个条件。"

"什么?我什么都愿意。"

"妈妈我可能会死吧,你能不能像这样握着我的手,直到我断气呢?"

"嗯,我答应你。"

"不管是在救护车上、病房里还是手术室里哦。如果你可以帮我拜托那边的医生,那我就愿意加油看看。"

"我答应你。"

"开空头支票可不行哦。"

安男哭着哭着,闻言笑了出来。

夏季阳光倾泻整个一般门诊区。该是回公司的时间了。

"我得走了。我去跟藤本医生打个招呼。"

"你把那些花也带走吧,那是英子拿来的,光是看着就让人觉得很无奈。"

妈妈枕边的玫瑰,正火红地盛开着。

背对着就要离开的安男,妈妈说了一句意料之外的话:

"你哥哥、姐姐他们很快就回去了吧。他们就连看着我也觉得很难过吧。"

"——你刚刚是醒着的吗?"

"也没有啦。"

妈妈避开安男的视线,只举起吊着点滴的手腕,轻轻地挥着手。

藤本医生面对护理站的桌子,阅读着妈妈的资料。

透过玻璃看到的那张脸,一如神经质的临床内科医生。安男开始不安,虽然他已经说服妈妈,但对于藤本医生所说的鸭浦提案,他并没有自信。

藤本医生注意到安男的身影,环视周遭后走出护理站。

"我跟我妈提了刚才我们说的话。"

"啊……这样啊。"

晚餐推车自电梯里升了上来，护理站附近也显得活络起来。

"我们去走走吧。"

藤本医生推了安男一把，走在联结一般门诊区的走廊上。

"然后呢？"

"她说好，会加油看看。"

"啊……这样啊。"

藤本医生将双手插入白袍的口袋里，闻言瞬间放慢脚步，不安地叹了一口气。

"城所先生，你听我说，其实我刚刚在说明时考虑了非常久，您了解吗？"

"您指的是？"

"就是说，虽然我觉得到鸭浦接受手术是正确的选择，但是我……"

"那是什么意思？"

事到如今，他还想说什么呢？两人在联结一般门诊区的走廊上一同停下脚步。

藤本请安男走向能俯视中庭的玻璃窗旁，橘红色的夕阳在藤本厚重的镜片上，染了一层不吉利的颜色。

"春名教授的判断呢，说到底只是外科医生的意见，而我身为一个内科医生，与他的见解多少有些出入。"

"为什么刚才您不说呢？"

安男心里明白藤本是个诚实的医生，但却对他这种捉摸不定的慎重感到恼火。

"刚刚我只能传达春名教授的意思,并没有陈述我自己意见的余地。"

"医生,等一下哦,你等一下。你刚才不是说最妥善的方法只有一个吗?这样跟双重人格有什么两样?"

"医生本来就是这样的。而且这里是大学医院,我们个人的意见不能威胁到教授的权威与医院的存在,就算被认为是双重人格也没有办法。"

若是在不动产业界,这种说法一定马上就被推翻。

"所以,藤本医生您反对动手术吗?"

"恕我直言,的确如此。我不了解外科的事情,也无法确定鸭浦圣马克斯医院的实力还有曾我医生的技术,但站在内科的角度来看,您母亲是不可能动手术的。"

"……糟糕。这样不就又回到原点了吗?"

"不,不会的。总之我会先将数据送到圣马克斯医院,当然,我们在这里也会尽全力改善您母亲的情况,然后再作全盘的打算,问题是……"

藤本医生先向路过的年迈医师轻轻地鞠了一个躬,才又继续说道:

"问题是不管圣马克斯医院的判断如何,他们一定会先收患者吧。因为是春名教授介绍的患者,他们不可能一口回绝。就算他们看数据觉得不可能动手术,也一定会先让患者转院,进行必要的检查后,再决定是否动刀。"

"那不就白跑一趟了吗?"

"是啊,我想事情有可能会变成那样。转院有很大的风险,运送、重新检查等都是,单是换个环境就会对心脏病患者造成很大的负担。"

"那还真危险……而且我妈的状况已经那么不好了……"

"再过一个星期,情况应该会有些改善吧……但鸭浦医院离这里足足有一百六十公里,虽然一开始走的是高速公路,但接下来就要经过房总半岛的山脉了。您知道吗?那里有妈妈牧场、养老溪谷,这段路途就长了。"

"一百六十公里吗?那我们要怎么把我妈送过去呢?"

"嗯,就时间来看的话,应该是用直升机吧。"

"直升机?!——不行,不行。我妈从来没有坐过飞机,而且她最怕高,还有速度快的交通工具,之前她跟我孩子一起到游乐园坐云霄飞车的时候,心脏病就发作了。"

"这样啊,那还是不要这样比较好。心理压力是心脏病最大的敌人。既然如此,就只能用救护车了吧……"

"拜托您了,这可是关系到人命呢。"

"可是消防署受各地方政府管辖,原则上,是不能将患者从东京都送到千叶县的。"

"骗人!"

"虽然听起来很像在骗人,但这是真的。我曾经待过川崎医院,在多摩川旁边。但就连多摩川对面的救护车也不会将患者送到我们医院,不管再怎么远,他们都会将患者送到东京都内的医院。制度上就是这样规定的。而且从这里到千叶外房要一百六十公里——这连听都没有听过,可能真的没办法吧。但我还是会问问看。"

夕阳好刺眼。安男有种妈妈的生命正一点一滴流逝的感觉。

"再来就是民间的急救服务了。有提供这种服务的公司,但数量不多,费用也很高。"

"钱的话……"

安男本来想说"钱的话不用担心",但话才出口,随即沉默不语:那是自己两年前的台词。现在就算费用再怎么低,自己都拿不出来,但他心想,哥哥们总会负责这个部分吧。

安男对自己的窘境感到极为不堪。

"嗯,大概要十万元以上吧。护理站有宣传单,等一下我再去确认。"

走廊上的喇叭广播着藤本医生的名字。

"啊,我得走了。我们还没有讨论完呢,怎么办才好呢?"

安男下定决心了。即使一直住在这间医院,妈妈早晚都会过世;况且他也不想由这个优柔寡断、诚实坦白的内科医生来让妈妈苟延残喘下去。

"请将我妈送到鸭浦吧。"

"这样啊。"藤本医生面向着夕阳,叹了一口气。

"您家人们那边怎么办呢?"

"我会说服他们的。虽然我还不知道应该怎么说,但我会说服他们。"

"鸭浦很远啊。"

"拜托您了,请您尽一切可能改善我妈的情况,只要让她的心脏能撑过一百六十公里就行了。"

他也知道自己这样说很过分。涕泗纵横的他说完以后,深深地低下头。

藤本医生沉默了一会儿,将手放在安男的肩膀上,在他耳边低声说:

"一百六十公里的心脏吗?我了解了。"

"谢谢您……谢谢。"

"城所先生,其实……"

藤本医生停顿了片刻,继续说道:

"其实我上个月杀了自己的妈妈。她也是狭心症,在我犹豫要不要动刀的时候,她就因为严重的心肌梗塞,走了。我是一个内科医生,总是不太相信外科,希望可以靠自己的力量解决,结果一天拖过一天。"

"藤本医生。"走廊那端的护士唤道。

安男不禁心想,眼前的这个医生是以什么心情在医治妈妈的呢?当他得知春名教授的诊断,陈述自己的意见,以及将结论告诉自己与哥哥、姐姐时,他又在想些什么?

"我是一个内科医生。因为我没有那种胆量,所以没办法当外科医生。但身为一个内科医生,我保证会给您一颗一百英里的心脏。"

"一百英里……"

"一百六十公里就是一百英里。"

"那我先走了。"藤本医生举手示意后,便离开了。

一百英里这个数字使安男无比振奋。一百英里听起来比一百六十公里短多了。

往天国的一百英里。

"我只要在这途中好好地握住妈妈的手就行了。"

7

"安男,就算是这样,你哥哥他们也不对啊。"

茉莉松开她酒红色的发丝,镜子里的她鼓起脸颊说道。这天她返回公寓时还不到凌晨一点,也没喝什么酒。看来她一整个晚上都在担心安男的事情。

茉莉卸妆时,安男跟她说了今天发生的事,茉莉闻言升起一把无名火,却不知该如何发泄。

"他们是在保身啊。"

"保身?"

"就是保护自己不受伤害的意思。他们都想保住自己一流企业部长、开业医生以及银行分行经理夫人的位置。"

"那安男你呢?他们只管出钱,其他差事就落到你头上吗?这样太过分了吧。而且你妈妈也不需要有人一直待在身边吧?"

"不行,这可是关乎人命的大事。反正我在公司本来就没什么用,只要跟社长说一声就可以请假。"

尽管如此,哥哥姐姐们的反应也太像了吧,看来他们是在离开医院的饭桌上有了共识。与他们通电话时,他们的口径如出一辙。

钱的事我们会负责,就拜托你跟妈妈一起过去了;这样一来,你也得向公司请假吧?看你需要多少钱,不用担心,尽管开口。我们还是会去探望一下老妈,但平常实在太忙了,嫂嫂也要带小孩,实在抽不出时间。民间的急救服务?……嗯,就用这种方式吧,才十万元而已,大家不会不肯拿出来的,这可是关系到老妈的性命。

电话里的哥哥、姐姐三个人都这么说。

看来,妈妈也许真的说中了哥哥们的想法。

"有钱人真讨厌。"

茉莉自凳子上转过身来面向安男,她将头发盘起来以后,原本就圆的脸更像一颗饱满的气球。愈是靠近,看起来就愈大,有种说不上来的怪异。

"但没钱也很讨厌啊。"

"与其做出那种没人性的事,没钱还比较好。"

安男拿着罐装啤酒,在床与桌子之间吞云吐雾,嵌在窗框里的老旧冷气,发出嗡嗡的杂音。

"安男,你听到他们那样讲,怎么还能这么平静呢?"

安男仰望略嫌低了点的天花板,心想,这个房间怎么能如此舒适。

也许是因为自己出身三坪大的公寓，那时候住在世田谷光建坪就超过五十坪的豪宅，也未曾感受过这种安宁。身处这个老公寓的房间，就像在老妈肚子里般安心。

"安男。"

茉莉一把抢过安男手中的啤酒，焦躁地摇晃着他的肩膀，同时大口大口地将啤酒灌进喉咙。

"哈——好喝。不是啦，安男，你接下来要怎么做呢？难道你要乖乖地听你哥哥他们的话吗？我不喜欢那样。"

"这跟你喜不喜欢没有关系吧。"

"不喜欢，我绝对不喜欢。我不希望增加安男你的负担啊。"

"这不是负担啦。照顾老妈怎么会是负担呢？"

"但这不是单纯的照顾吧？你仔细想想，你要自己一个人面对你妈妈的生与死啊。"

茉莉说的字字句句都正确无误。为什么这个女人可以如此透彻地分析事情呢？

安男无法正视茉莉的脸，他望向窗外的夜空。

老公寓的另一端是新都心的摩天大楼。他心想，自己与哥哥、姐姐通过电话后，眺望这幅风景时下的决心，至少要告诉茉莉才行。

"茉莉，我决定了。我刚刚一直在想，我知道我只能这么做了。"

"什么？"

"我不会靠任何人的力量,我要一个人把老妈治好。"

茉莉就像听见什么可怕的事情,下意识地用双手抱住头。

"那是什么意思?"

"我爸在我出生没多久后就死了。出差的时候死的,他连我的脸都没有看过。我妈一个人把我生下来,再一个人把我带大。所以,我也要一个人为老妈做些什么。我不是也活下来了吗?我老妈一定也可以。"

"安男,那样……你会很辛苦。"

茉莉用她纤白的手指捂住双眼,像个孩子般哭了起来。

"嗯,既然我已经跟你说了,也就不能靠你帮忙,我会一个人想办法的。"

"那太辛苦了吧……"

"没问题的,总是会有办法。"

"太过分了……可是,可是你哥哥他们都是有钱人,你赚的钱都要交给老婆、小孩,根本就身无分文……为什么最无能为力的人,要负这种责任呢?"

"别哭了。"

"可是……可是……太过分了……"

安男决定和盘托出。因为自己现在是在打肿脸充胖子,只要话一出口,力量自然就会涌现。

"所以我决定不用民间的急救服务。"

"什么?十万的话,我还有啊。"

"不,我要自己开车把老妈送到鸭浦。"

"那是不可能的。而且,你根本也没有驾照吧?"

"我只是忘记去换证,所以驾照才会失效。万一在途中被抓到,我就叫巡逻车载老妈到鸭浦。心诚则灵啊。"

"那车子呢?"

"我会跟社长借公司的厢型车。"

"那住院的钱呢?一定会花很多钱的,这么大的手术,说不定要好几百万。"

"我会跟对方商量的,他们应该不会说没钱就不医吧。更何况,那种医院也不可能把我老妈治好。"

茉莉抱住膝盖哭了好一阵子,接着猛然抬起头来。她走向厨房,地板发出吱吱的声响,最后见她从冰箱拿了两罐啤酒。

她将啤酒用力地放在玻璃桌上,以无比开朗的声调说道:

"好,安男,你说得真好。我又更爱你了呢。果然我的眼光没有错,你真的是个男子汉。"

她熟练地拉开啤酒罐上的拉环,也不管满溢的泡沫,就将啤酒塞入安男胸口。

"喝吧!城所安男,四十岁。接下来就要决一胜负了。"

"你猜结果会怎么样?"

"那还用说吗?一定会输的啊。"

"嗯,全世界的人都会这么想吧。"

"但我这样说是有原因的。因为如果你赢了,你就会离开我,可是我爱你啊,所以我赌你会输。"

"我哪里都不会去的。"

茉莉牛饮着啤酒,高声地笑了。

"每个男人都这样说。"

那天晚上,安男与茉莉发生了关系。

茉莉的身体完全缺乏性魅力,但她却满足了男人任性的渴望。全心全意服侍男人,使得男人身心都获得最大的慰藉。安男从来不知道一个女人的身体可以如此充满爱情。

每次与茉莉发生关系,安男就会知道自己是被爱的。茉莉可以泯绝他的孤独。

无论安男想要享受平静或追求火热,茉莉总是用她丰满的胸口真切地怀抱着安男的身体,与他的心灵。

所以,安男在两人翻云覆雨之后,总是会抱着茉莉直接入睡。比起肉体关系本身,安男更喜欢这种身心同时被拥抱的安宁。

"这花好漂亮。我刚刚都没注意到……"

"是我老妈要我带走的。我总不能放在公司吧,刚刚在路上我一直遮遮掩掩的。"

"难怪都有折到的痕迹。"

"但我又不能把它丢掉。"

安男话一出口,随即倒抽一口气。茉莉的第六感准得吓人,这也表示,她就是这么爱自己吧。

"真是贴心呢。"

茉莉躺在安男手臂上,叹了好大一口气。

"我不是说你,我是说你太太。"

"不是啦,你想太多了。"

"太迟了。我可能有超能力吧,你只要讲一句话,我就什么都知道了。"

安男低调地将花放在电话桌下方。红玫瑰在夜未眠的路灯照耀之下,发出了光芒。

"啊,我看见了,看见了。原来如此啊……哦……"

茉莉在黑暗中模仿着超能力者的手势。

"你看见什么了?"

"一个很漂亮的人,瘦瘦、高高的。"

"错了。她虽然很瘦,但是不高。"

"她烫着流行的大卷。"

"又错了,她头发很短。"

"她开车到医院探病。"

"啊,这点可能猜对了。"

他不记得自己曾经对茉莉说过前妻的事,可能之前有提到她常常会去看独居的妈妈吧。但那也是从其他话题延伸过去的。

"她一定很温柔。因为你哥哥他们不去探病,所以她就代替大家去。"

"跟那个没关系啦,她跟我老妈感情一向很好。"

"可是那还是很不简单啊,她去探病时要说些什么呢?"

"闲聊呗。"

"怎么可能。啊,我知道了,只要聊小孩子的事情就好了嘛,因为他们是你妈的孙子。"

茉莉将视线移向天花板的一片黑暗,害羞地推开男人放在自己肚子上的手。

"真是不公平呢。"

"什么?"

"她有两个你的小孩,住在大房子里,还有车。而且又瘦,人长得又美。"

"对不起。"

安男坦率地道歉。

前妻之所以可以养育两个孩子、住在三房两厅的房子、有车开,都是因为自己有求必应地支付着生活费。而说到自己为何能够如期支付大笔的生活费——完全是靠在茉莉家吃软饭,靠茉莉塞零用钱给自己花用。

但茉莉就算知情,也从来不曾抱怨。她从不曾嫉妒,也不曾质问过自己。

"啊,对了。"

茉莉在黑暗中笑得像一朵花。

"只要让你太太帮忙就行了啊。你太太开车,然后你照顾你妈妈,这样不好吗?"

"茉莉……"

"什么?"

"你不要再说她是我太太了,我们已经不是夫妻了。"

"但只有安男跟你太太去看你妈妈吧?——她的名字是?"

"英子。"

"去看你妈妈的只有安男跟那个英子小姐吧?而且全心全意想要照顾你妈妈的,也只有你们两个人吧?那就算你们不是夫妻,还是可以同心协力啊,这样一点也不奇怪。然后,把你妈妈治好以后……"

安男用嘴唇夺走茉莉接下来要说的话。

茉莉方才打算朗朗地说完整句话,没有嫌恶、也没有坏心眼。

"把你妈妈治好以后,你们两个人就可以破镜重圆啦。"

"你不要太过分。"

安男环抱着茉莉的颈项,咬牙切齿地说。

"你怎么能说出这种话呢。"

"为什么不行?因为我最爱你了,所以我一直希望你可以幸福。"

"就算我跟那家伙破镜重圆,我也不会幸福。"

"会啦,你们还有小孩啊。跟我在一起,安男才不会幸福。"

"我很幸福。"

"但那只是暂时的。你不可能忘记你的小孩,也不会忘记小孩的妈妈。现在这种生活怎么能说是幸福呢?等你恢复原本的生活,你一定会忘记我的。"

安男心想，眼前这个女人怎么走过她三十几年的人生呢？跟自己同居的这两年，她到底都在想些什么呢？

"花快枯了。"

"丢了吧。"

茉莉用力地阻止安男举起手来，说：

"还没枯呢。"

茉莉丰腴的裸体站在黑暗之中。

自窗口流泻的路灯照亮她白皙的肌肤，她的身体一点阴影也没有，好比白雪。

对于这个女人，他一无所知。

但他也从来不曾尝试了解，是因为自己不爱她吧？

茉莉拿起花束后，转身向安男微笑道：

"你看，还没枯呢。"

"把它丢掉。"

"不行。我会让它重生的。"

茉莉走进厨房。

听着水声，安男想起一个有关雪国的床边故事。

茉莉说，跟自己住在同一个屋檐下的父母，跟自己一点血缘关系也没有。她的生母嫁给她继父后没多久就死了，而她继父后来续弦，与她的继母结婚。她说话的语气像在开玩笑，因此安男也只把它当做一个笑话。

也许，这段回忆若是不用这种方式表达，就只能深深地藏在她自己心中吧。

这样一想,茉莉状似与生俱来的开朗,其实是很悲切的。

若茉莉不坚决地否定不幸这种东西并不存在,那她不可能一路活到今天。也因为这样,在茉莉心中,没有嫉妒、怀疑、算计,也没有人类争取个人幸福的欲望。

温柔就是她这种生活方式的代价吧。

"茉莉,我可以问你一个奇怪的问题吗?"

使着剪刀的茉莉回答:"可以啊。"

"你可以告诉我你的本名吗?"

"安男,你怎么了?我就叫水岛茉莉啊。"

"你乱讲,谁都知道那是你的假名。"

"知道吗?"

"当然。"

"那我只告诉安男一个人哦,我从来没有告诉过任何人。"

应该说,从来没有人问过吧。就像自己这两年来也未曾想要提及一般。

"佐藤茉莉子。"

当这个名字浮现于黑暗之中,他的胸口热热的。

"什么嘛……所以还是茉莉啊。"

"嗯。只有茉莉两个字没变,再怎么说,这也是我爸妈给我取的名字。"

茉莉至今仍怀抱着模糊的记忆,犹记得在她小时候就过世的父母曾经这样叫着她的名字。

她从来没有被爱过,只是全心全意地奉献着自己的爱。

"安男,你要幸福哦。因为我最爱你了,喜欢、喜欢、好喜欢。从头顶到脚底,眼睛、鼻子、肚脐、小鸡鸡,我全都喜欢,超喜欢的。"

讲完这段如咒文般不灵巧的情话,茉莉开始哼起歌来。

茉莉将那束重燃大红色的玫瑰抱在净白的胸前,沐浴在路灯的光线下。

"哇,这是怎么一回事,真的很像魔法呢。"

茉莉轻轻地笑了。

"怎么样?——在花瓶里放冰块,用冰凉的水汽喷过,再修剪一下花梗,就可以起死回生了呢。没问题的,安男跟你妈妈,都没问题的。"

那些抛弃茉莉的男人,说不定真的都重获新生了。

安男此刻如此深信。

8

八月三十一日是父亲的忌日。

对城所安男来说,这天是一年当中最忧郁,也最特别的日子。

孩提时代,每当八月底即将来临,还是孩子的安男都会想,为什么四年一次的闰月不是八月呢……

光是想到从未谋面的父亲就令人很难过了,这天同时也是暑假的最后一天,眼见作业怎么写也写不完,叫他怎能不苦闷?

不知是巧合还是命运的安排,这天也是"城所商产"的倒闭纪念日。两年前的今天,那间曾经在泡沫经济时代叱咤风云的公司,支票一张张跳票,最后只能乖乖地去见阎王。

今年八月三十一日更是令人忧郁。不是因为要祭拜父亲,也不是为了暑假作业或者空头支票在伤脑筋,而是他必须与前妻见面,并向她低头。

他与英子约了下班回家途中在新宿碰面。

穿过弥漫夏季热气的人群,英子走上快餐店的二楼。

虽然她也吃了不少苦,但她当年社长夫人的高雅美貌却丝毫不受影响。也许是自己的错觉吧,安男觉得她反而因为重获自由,而显得更为风姿绰约。

"你好,最近还好吗?"

"嗯,你好。我过得虽然不怎么好,但还撑得下去。"

英子有点不悦地环视尽是年轻人的店内。

"换个地方吧?"

"没关系,我也没有什么时间。孩子们明天就要开始上学了,我得回去帮他们看功课。"

英子臆测地凝视着安男。只不过拿个生活费,应该不需要特别约出来见面:她应该已经猜到自己已经走投无路了吧。她纠结的嘴角以及眯着一条细线的眼睛,仿佛都在说"我可不会答应你"。

"我要让老妈动手术。"

英子双唇用力地歪向一边。

"然后呢?"

"……然后,我需要一笔钱。"

在一片沉默之中,安男似乎可以听见英子在心里嘀咕:

"这个跟那个是两回事吧。如果没有生活费,我会很伤脑筋的。"

但英子却说了一句出乎安男意料的话:

"这样啊,哥哥他们呢?"

"他们反对动手术。我跟他们说无论如何都得试试看,他们就说'随便你'。"

"'随便'?那是什么意思?"

"他们也没有把话讲明。只说他们会出钱,要我负责到底。"

英子闭上眼睛陷入沉思,她薄薄的眼睑给人一种伶俐的感觉。随后,她抽出一根细烟,用指尖抵住下巴,又沉吟半晌。英子是个聪明的女人,她可以从一两句话就拼凑出事物的全貌。

"原来如此……很像你的作风。"

"你懂了吗?"

"当然啊,你以为我跟你住在一起几年啊?"

英子点燃手中的香烟,当她眼神扫过安男畏缩的表情,扑哧地笑了出来。

"我也不能帮你什么,就先借三十万给你吧。"

"谢谢。你们生活应该没问题吧?"

"才一个月而已,总是会有办法的。但下不为例哦。我不会叫你下个月就拿两个月的钱给我,只要早点把账补上就行了。"

这是安男唯一的恳求。如果有三十万,总是比较好办事。

"你真的知道我在想什么吗?"

"知道,你很烦啊。"

英子一边笑,一边吐出烟圈。

"你一定是想,这一点钱用不着哥哥他们帮忙,对吧?难道不是吗?"

"没错。"

"你真是笨啊。反正我已经跟你没关系了,也不想多管闲事。但你这样会很辛苦哦。"

"还好啦,这也没什么。"

安男一虚张声势,就生起闷气来。英子说得一点也没错。他就是像个笨蛋一样,明明知道会很辛苦,却坚持要这样做。

当初公司倒闭的时候,哥哥们漠不关心也是事实。陪着自己低头拜托他们的英子,还深深地记得哥哥、嫂嫂们彻底与自己划清界限时的嘴脸。

"他们这次终于肯出钱了,是吧?"

"但我觉得他们不是真心的。大家心里一定都在想,要是可以的话,希望可以不花一毛钱就把事情解决吧。"

"不会吧?"

"真的。我跟二哥通电话的时候,他不小心说出口的。"

安男想起二哥如金属般的冷漠语气。

"他说了什么?"

"——他说,安男,你仔细想想,手术这种东西,无论成功还是失败,花的钱是一样的,一毛都不会差哦。"

"呃……他这样讲吗……不过二哥本来就是这种人吧。"

"我觉得那是哥哥们的真心话。只不过二哥比较多话,才会不小心说漏嘴。"

"我跟你说……"

英子将装着咖啡的纸杯抵住唇边,俯视窗口外那群往歌舞伎町方向走去的年轻人。

"他们那时候一定也讲好了吧。"

"那时候?"

安男明知故问。他希望英子以为自己早就已经忘了那段往事。

"你不要装傻了。就算你忘记,我这一辈子还是会记得。那已经不是借不借钱、当不当保证人的问题,那些人根本就是要我跟你去死,等于要我们全家一起自杀吧。"

"过去的事就算了吧,我想起这些事也会觉得很难过啊。"

"哼。那些人现在又要让历史重演。"

英子断然地说道,她的嘴唇因为激动而颤抖。

也许吧,安男心想。因为英子与哥哥们没有血缘关系,才可以客观地评断他们。

哥哥们的确就像对着濒临死亡的妈妈说"去死吧"。只不过他们的语气很平静,一边制造着自己的不在场证明,一边弯身在妈妈耳边轻声地说道"去死吧",就跟那时候一样。

"对不起哦。虽然我很想帮忙,但却什么都不能做。要是我插手这件事,就连我自己也会搞不清楚自己到底是谁了。因为这样,所以我什么都不能做。"

低头道歉的英子拨了拨前额的头发。她是个坚强的女人。最后那几年,当安男为了钱奔走四方,英子为自己站上第一线的战场,支撑着公司的营运。离婚时也是,她并不想那么轻易地看不起自己的丈夫,但为了保护孩子们,她毅然决然地离开。也就是说,与其继续做遍体鳞伤男人的妻子,她选择了妈妈这个角色。

"走吧。我还得回去看孩子的功课。"

安男确信,在一流大学毕业的才女——英子教育之下,孩子们的将来一定也会很幸福。

即使他们体内也流着男人无知又毫无教养可言的血液,但只要一点一点稀释,就不成问题。

两人走出快餐店后,逆着人潮向车站走去。当他手臂触碰到英子紧实的肩膀,安男便会赶紧避开。他偷偷地瞥了英子一眼,她的侧脸仍是如此美丽。

"阿安……"

当他们在等东口的红绿灯时,英子一如往昔地呼唤他:

"不用再给我们钱了。"

这句话听不出任何善意。当安男明白这句话说的是诀别,就算信号转成绿灯,他的脚也动弹不得。

"你说不用就不用吗?小孩他们现在才开始花钱吧?"

"不用了,反正,不用了……"

英子话说到一半便开始咳嗽。

从她的表情,安男便了然于胸。一想到那是真的,他的身体也跟着无法动弹。

英子汗涔涔的肌肤就像在说,她不需要一只负伤的野兽继续把食物送来，因为另一头健康、强壮的雄兽已经取代了它的地位。

酸腐的风穿过他的体内。

"我们再谈一下吧，我得问清楚才行。"

"在这里就行了。我也不想说那些多余的话。"

安男不禁在心里咒骂英子的不圆融，为什么她偏偏要挑这个时候告诉自己呢，若是两个人一起喝酒，像开玩笑一样把话说清楚，到时候自己也可以提起茉莉的存在，随后两人都能一笑置之，这样不是很好吗？如果他此时把这些话说出口，英子应该会很受伤吧？

安男从他想问的问题当中精挑细选，最后只问了一件事情：

"你们能结婚吗？"

信号又变回红灯。他们的关系只剩下最后的三分钟了。

"阿安真是温柔呢。"

"你在说什么啊。"

"我没有想到你会这样问我。"

"如果你们能好好结婚，从此幸福美满，我一句话都不会说。"

"孩子们呢？"

双胞胎的脸庞浮现在他的眼前，那时候他们还是一对睡在婴儿车里的婴儿。

"没关系，只要他们幸福就好。"

安男好不容易说完这句话之后，扶着疲软的膝盖弯下身子。

他的胸口被重重一击。男人的坚毅在体内破碎，化成眼泪自脸颊上流下。

"今天好热啊。"

安男低着头假装拭汗，吃力地挺起胸膛。

英子摇一摇她纤细的下巴，道：

"我想，我们不会结婚。"

"什么意思？"

"他已经有家庭了。但他很爱我，也说会照顾两个孩子。"

"小孩他们知道吗？"

"他有时候会到家里来。"

"那是什么意思？算了，我也不想听。"

"你不要担心，我不会让小孩知道我们的关系。有时候比较晚了，他就会开车送我到家附近，但我不会让他进门的。"

"他多大啦？"

安男话才出口，就觉得自己似乎问了一个不该问的问题。

"那没关系吧。"

"谁说的，我总是会在意他的经济能力啊。"

英子欲言又止，好不容易小声地说：

"跟你一样。"

她咬住嘴唇，觉得自己不该这样回答。

"——那很年轻嘛。没问题吗？"

"他是计算机软件公司的社长，生意非常好。我那时候看见征人启事,就去应征,他问了我很多事情,人很好,我一不小心就跟他说了很多家里的事……"

"好了,绿灯了。"

"后来,我们又见了几次面,他说他爱我,我也不知道该怎么办——"

"好了,快走吧。"

"我有跟他说你的事情。他说那你一定很辛苦,叫我不要再跟你拿钱,说他会负担我们的生活,不要让你太难做。"

"他还真鸡婆。他怎么知道我辛不辛苦呢?他是每个月拿三十万来包养你啊,难道不是吗?"

"他没有这么说。"

"他有说他会离开老婆小孩,然后跟你在一起吗?"

安男推了低下头去的英子一把。

"总之,这个月就当做我先跟你借。如果那个社长给你钱,你记得什么都不要跟他说,把钱收下来就是了。就先这样了。"

英子没有响应,便消失在人群之中。

英子漂流在人群之中,她那张小小的、白白的脸庞,无止境地漂流而逝。

安男背对着她,迈步向前走去。

9

安男完全不记得那天他是怎么回到公司的。

步履蹒跚地走在新宿通上,接下来也许是在御苑前或四谷三丁目搭地铁。一路上,他不停地思考着自己破碎的家庭。

的确,境况好的时候他非常挥霍,但绝不是因为酒色摧毁了家庭的美满。他知道自己非常疼爱家中的妻小。当他往公司的方向前进,经过贸易商林立的街道,他一边走,一边思考,难道那段日子只是一场梦吗……

还有,那个得到英子的男人。

英子处事一向理智、深思熟虑,他完全无法想象她跟其他男人共处的情形。离婚两年了,他从来没有想过会发生这种事。

安男自问,为什么事到如今他还会吃醋呢?他们既已各奔东西,他当然没有资格说话。若说他对英子还怀抱着足以让他打翻醋坛子的感情,那也太奇怪了。

说到底，不过是雄性的动物本能让自己慌了手脚。强壮的雄兽占据没有男主人的巢穴，饲养年幼的孩子，并企图与女主人制造新的下一代。而自己没有与雄兽格斗的气力。

当他看见公司的招牌，他想起那句最令他震撼的话语：

"你不要担心，我不会让小孩知道我们的关系。有时候比较晚了，他就会开车送我到家附近，但我不会让他进门的。"

多么痛的一件事。

偶尔跟孩子们在气氛不太自然的餐桌上用餐，时间不允许的话，就让男人开车送自己回到家附近。在这之前，他们应该会去汽车旅馆吧。

留意时间，匆忙地办完事，再让男人送自己回真正的窝。说再见的时候，两人应该会吻别吧。

在这样的循环之下，英子的身体被男人仔细地保养着；在开心之余，她确实也变得更美了。

中西独自一人站在公司前面，当他认出安男的身影，便快步凑了过去。

"怎么那么晚，刚刚你的 Call 机没有响吗？"

"有响，不过我想我快到了……"

安男话说到一半，心底便浮现不祥的预感：

"医院有打电话来吗？"

"医院？不是啦，有个奇怪的客人来找你。"

"客人？"

才稍微安心几秒钟,又听见令人担心的事。难道是那些不甘愿让自己破产了事的债主找上门了吗?

"是银行的人。分行经理亲自跑来这可不寻常啊,真糟糕。公司的人已经告诉他城所先生马上就会回办公室,又不能改口。"

中西胆小的性格与他的体型十分不搭,他一面走一面擦拭着他秃头上的汗水。

"而且今天是八月底啊——要不要紧啊?你不要在公司惹出事情哦,我也有我的立场。"

"我不会给你添麻烦的。而且我早就破产了,要惹事也不是现在。"

"嗯……说得也是啦。不过也要顾一下其他人嘛——对了,你刚刚说什么医院,难道你身体不舒服吗?"

"没有啦,不是我。是我妈住院了。"

"啊?真的吗?"

"没有那么严重,只是轻微的心脏病。我嫂嫂还有姐姐会照顾她,我还蛮轻松的。我刚刚在路上想她的事情,所以才会以为医院打电话来。"

员工正在准备打烊,当他们看见安男,便纷纷投以冷淡的眼神。公司里流传,安男的债主终于找到他人在哪,所以跑来讨债。

"反正你们到外头去谈吧,拜托你了。"

两人走上阶梯时,安男问了一个八竿子打不着的问题:

"最近能把公司空着的那辆车借我吗?"

"嗯?——那没问题啊,可是你驾照不是失效了吗?"

"我只是要载个东西,应该不会连车怎么开都忘了吧。"

"听起来有点危险……你有没有问题啊,还是我帮你开呢?"

"不用啦。只不过一天可能不够,我之后能请假几天吗?"

安男的话暗示着中西不要再追问下去。他不是为了与中西保持距离,而是因为他知道只要自己开口,中西绝不会说不,所以他不想让中西知道他用车的原因。

"让您久等了。"

中西打开会客室的门。

当安男看见会客室里那个西装笔挺的男人,比看见任何一个债主都要吃惊。

那个人是他的姐夫——秋元。

"嗨!安男,好久不见。"

他特地来找自己,却没有跟任何人说明他们之间的关系吗……可能他有说两人是认识的朋友,但秋元身为一个银行界精英,还是有些警戒心。

"我听优子说你在这里工作。刚好我到附近办事,就想跟你喝一杯,可以吗?"

安男随口回应了些场面话,但他仍然惊疑不定。他到底来做什么呢?

秋元是个讨厌的家伙。当安男公司倒闭时,如果他像哥哥们一样彻底与自己划清界限也就算了，姐夫偶尔心血来潮会拨电话给安男，但讲的却尽是些无关紧要的内容。

"反正我也快下班了，我们出去谈吧——社长，我明天再把报告交给你吧。"

不等社长回应，安男抓着秋元的手臂就往外头走去。

"姐夫，你干吗啊？大家都知道我的事情，如果你不说清楚，大家都会很困扰啊。"

"哎呀……抱歉，我没办法跟他们说我是你姐夫。"

"为什么？"

"什么为什么——你好好想想，他们也算是在照顾你吧，而且这种情况下，我们银行职员别跟一般公司有私人往来比较好。"

"这间公司没问题，老字号，又没有贷款。"

"我在附近打电话给你，他们说你马上会回来，让我到你们公司等。不行吗？"

"当然啊，你多少也应该考虑一下我的立场吧？"

眼前这个男人怎么会那么肥呢？自从他升上分行经理，长相显得更尖酸了。

秋元拦了一辆出租车，也没问安男的意思，就自顾自地跟司机说："到银座。"

"姐夫，看来你手头很宽裕嘛。"

安男转头避开与秋元年龄不符的阵阵古龙水味，语气里充满讽刺。

"还好啦,托你的福。之前你常常请我吃饭,往后就换我报恩啦。"

"我对你有什么恩情吗?"

"嗯,多少啰。"

自己的话中带刺,而秋元的回答也毫不逊色。

这个男人欠自己很大一笔人情。事业好的时候,只要姐夫开口要多少,他就在他们分行存多少;为了让姐夫达到业绩目标,甚至连当时根本不需要的贷款,他也会帮忙申请。

"老天真是不公平啊,姐夫你还真行。"

"你说的什么话。的确啦,你是帮了我很多忙,但我要背负的风险也很大啊。"

"所以我才说你真行啊。干了那么多好事,你们银行却连一点呆账也没有。"

"那不是正合你意吗?你之前自己说的啊,说不想给家人添麻烦,要我把你的账移转到别家银行。"

"因为你连支票本都不给我啊,这样我把钱留在你们那里有什么意义?何况就算是那样,你也不能只说'这样啊'就了事吧。那时才刚办完移转,我就周转不灵了。没想到你戏演得还真好,说不定可以拿最佳男主角奖咧。"

"你这是在称赞我,还是在骂我啊⋯⋯"

"都不是,我是在挖苦你,挖苦。"

"债权银行想要脱手,就表示你那里也只是时间早晚的问题而已。谁叫那银行愿意接受呢,是他们自己事前没有调查清楚。"

"可是姐夫你那时候不是还说什么'没问题'吗?"

"我们这可是在做生意呀,你也曾经骗过那些厂商吧?"

"那你那时候演的那场戏算什么啊。你还记得吧?我们跟那家银行的分行经理还有融资的负责人一起,在第一饭店的大厅啊。你还说什么'社长,我明白您为什么会生气,但贵公司一直以来都以优良企业著称,看在我的面子上,请您一定要继续跟我们合作。拜托您了,拜托——'"

"你也不差啊。'秋元副理,就算你这样说,不行的事情就是不行嘛。你也知道,以我们贷款的金额来看,0.5%的利息也太高了吧。我可不是在做慈善事业,这根本就行不通嘛——'"

"那场戏还真有效。他们一听到我们说的话,眼睛立刻就闪闪发光,愿意接受六亿的贷款。六亿啊,六亿。现在听起来,真像是在骗人。"

"六亿……有那么多吗?"

"你不要装傻,我可要生气了。"

由于金钱上的往来,秋元比任何一个亲兄弟都要了解安男的情况。

也因为如此,他才会把安男手头很紧的事情告诉哥哥、姐姐,并暗地里策划要怎么做才不会殃及他们。

"安男啊……"

秋元抬了抬他的金框眼镜后,面向安男,张合的口中飘出浓浓的烟味。

"那个……妈的事情……"

"跟你没关系吧。"

"哎呀,你不要说那种话嘛。我听优子说,好像还是不太能动手术吧?她想说,你这样带妈妈去动手术,会不会太危险。"

"应该不是我姐说的,而是大家都这样想吧?"

秋元眼看安男略显怒容,连忙试着安抚他的情绪:

"要到鸭浦,很远啊。"

"我知道。"

"用常识判断的话,这一点都不正常吧。"

"主治医师说他会让老妈的心脏可以撑到鸭浦。"

哎呀呀,秋元叹了一口气:

"你知道到鸭浦要多少公里吗?"

"大概是一百英里吧。"

"一百英里?"

安男心想,一百英里——无论是说出来,或者听起来都感觉很好。

离好人很近,离坏人很远的一百英里。

天使挥一下翅膀就能抵达,而不管恶魔怎么拍动身上的黑色羽毛也到不了。

"那是……嗯……"

秋元从西装的口袋里拿出记事本。

"对了,圣马克斯纪念医院的曾我真太郎医生是吧?我用我们银行的计算机搜寻了一下,没有找到他的名字。"

"我才不相信你们银行的烂计算机咧,而且如果他没有在你们那里开户,当然找不到他的数据啊。"

"但是至少可以证明这个医生没有资产也没有存款。"

"那是天主教的医院,那里的医生一定就像特里萨修女一样,不行吗?没钱的医生就不能有名吗?"

"至少是一个标准嘛。"

这句话让安男怒不可遏。

"姐夫你……"

"怎么了,你不高兴吗?"

"非常不高兴。我不知道你以前过着什么样的日子,我们以前很穷,但不像你那么卑鄙。哥哥、姐姐他们有钱以后都变了,堕落了;我以前也曾经堕落过,但当我再次一无所有的时候,我就醒了。老妈她一直都那么穷。不管你们怎么讲,贫穷的我会载着贫穷的老妈,经过一百英里,然后让贫穷的医生治好老妈。有什么问题吗?"

"安男……"

安男为了将恶魔肮脏污秽的手挥开,扎实地往秋元的脸颊上揍了一拳。

出租车司机用力地踩下紧急刹车。

"你回去告诉你老婆还有我那两个哥哥,我不会用到他们一毛钱。我不会忘记老妈把我生下来的事,也不会忘记今天是什么日子。"

秋元畏畏缩缩地摸着自己的脸颊,没好气地说:

"不就是两年前你支票跳票的日子嘛。"

安男一把抓过秋元的领带,再一次往他的鼻子挥拳。

"是啊,就是你这家伙陷害我的纪念日。还不止这样,你回去好好跟那些无情的人说清楚……"

安男走下出租车,往路边吐了一口口水。

"两年前我破产的那一天,就是四十年前老爸死掉的那一天。我永远不会忘记。就算那群人忘记自己曾经是个穷人,忘记他们是老爸、老妈的孩子,我也不会忘记。"

安男大步向橘红色的街道迈去。

踏出高速公路下的阴影后,缓缓落下的夕阳包围着他贫弱的身体。

说不定英子今晚会跟那个男人发生关系,说不定她会希望借这个行为来忘却不愉快的今天。

往天国的一百英里,无论如何,他都会坚持下去。

安男回过头,看着自己脚下长长的、瘦削的黑影,他在心底发誓。

10

今天早上是个大晴天,让人忍不住希望一整年都是这种天气。城所安男开着公司的厢型车,前往医院迎接妈妈。

尽管时届秋季,仍不到西风吹刮的时候。这段旅程想必会在盛气凌人的秋老虎中度过吧。就算途中可以走高速公路,但前方必须穿过房总半岛的山路。那边的医院说了,就算一路顺畅,也得四个小时才会抵达。

也就是说,九点办完这里的出院手续,即使马上出发,到鸭浦已是下午一点。

大学医院的态度十分冷淡。想必这个有勇无谋的计划早在护理站及病房传得沸沸扬扬了。虽然大伙儿都会说一两句鼓励的话,但当他们一转身,便会感觉到背后冰冷的目光。那些絮语是自己的幻觉吗?

"你知道吗?十七号房的城所女士啊,她要转院啦。听说要到千叶乡下的什么医院动冠状动脉绕道手术……"

"什么？那不等于是自杀吗？她就连在病房静静躺着，都会每天发作，一直呻吟，很痛苦的样子。为什么要这样呢？"

"连春名教授都动不了刀了，那种乡下医院还能做什么啊？看来她已经放弃希望，就连她的小孩也打算死马当活马医……"

"根本不可能动手术啊，到底该说他是孝顺呢，还是不孝呢？"

"如果对方说不能动手术，他要怎么办啊？"

"那样的话……也只能在那边等那个了吧。而且啊，先不说这个，能不能撑到那边都还是个问题吧，因为他们不打算请救护车，要用一辆厢型车把人载过去。"

"什么？阿弥陀佛、阿弥陀佛……"

这一定不是自己的幻觉，护士及其他病患一定是这么说的。

妈妈睡衣外套了件不合季节的棉袄背心，自己从病床上起身。她开朗的神情与前几天完全不同，让安男顿时安心许多。

"这件背心不错吧，是昨天晚上英子小姐拿来给我的。这不是成衣哦，你看，这里还有漂亮的手缝线。现在要找这种媳妇啊，真是太难了。"

"她已经不是你媳妇了吧。"

安男想也没想，马上回嘴。

"啊……说得也是。阿安，对不起哦，我老说些奇怪的话。"

"我没关系。不过，她真的是个好媳妇。明明你还有亲生女儿外加另外两个媳妇，她们却完全不闻不问……行李就这些吗？"

"嗯,这些也是昨天英子小姐帮我整理的呢。她还跟我说对不起,本来是想跟阿安一起带我去的。"

"真是的,多管闲事。"

安男真的生气了。想必英子也很迷惘。亲手缝棉袄、帮忙处理转院的事情,她如此有诚意,但却不跟他们一起到鸭浦。她也从不在妈妈面前与前夫碰面,的确很像她的作风。

"英子那家伙,一定还对我念念不忘。我说的没错吧,想当初我让她过了多少好日子。"

笑意瞬间自妈妈脸上消失无踪。

"你真是个笨蛋。"

那是什么意思。至少妈妈看出了安男不肯认输的倔强。

"是啊,我是笨蛋。我笨也不是只有一天、两天的事了。可是,老妈……"

英子也是笨蛋,她跟一个有妇之夫在一起——安男花了好大的力气,才将这几句就要脱口而出的话又咽了回去。

"早安。哎呀,今天您气色不错哦。"

藤本医生用他开朗的声音打着招呼,一边走进病房。

"早安。托您的福,从昨天开始,我就觉得身体很舒服呢。这样的话,去兜风一定也没有问题。"

"不要逞强哦,出发前您还是躺着比较好。"

藤本医生撑着妈妈的背,让她顺势倒在床上。接着,他面向安男,说:

"有几件事情要跟您说一下，现在方便吗？"

藤本避开妈妈的视线，表情随即显得凝重许多。

两人一同走出病房，当他们抵达走廊底端，藤本开口说道：

"城所先生，您千万别跟您母亲起争执，一路上得让她保持心情愉快才行。"

"您刚刚听到了吗？"

"也不是我想听啊。我才一走进病房，就听到你们在说什么笨蛋不笨蛋的，让我担心了一下。"

"我们没说什么重要的事。"

"不行不行。您听清楚，您母亲现在的状况并不好，压力还是她心脏最大的敌人。总而言之，不能让她的血压起太大变化。"

安男想起他决定带妈妈到鸭浦就医时，藤本医生曾经说过这样一句话：

"我是一个内科医生。因为我没有那种胆量，所以没办法当外科医生，但身为一个内科医生，我保证会给您一颗一百英里的心脏。"

也许藤本在这几天之内，暂时地改善了妈妈的症状。他给了他们一颗可以撑一百英里的心脏。

"城所先生——"

藤本将两手插入白袍口袋，并放慢前进的速度，说道：

"护士她们看到您那辆车都吓呆了呢。"

"真是不好意思。"

"但我却不这样想。"

"嗯？您的意思是？"

"我心想这样一定到得了。而且确定的程度连我自己都觉得不可思议。"

安男闻言却开心不起来。难道之前真的只有自己一个人怀抱着乐观的想法吗？

"这样一定到得了……吗？我怎么有一种靠运气的感觉。"

"是啊，是靠运气啊，而且赌注非常大。不过没关系，你一定会赢的。我刚刚看到你那辆厢型车，就觉得你一定会赢的。"

"为什么？我只是没有钱请急救服务。"

"不，如果是救护车，应该不能送您母亲到那里。说得白一点，其实我并没有办法给你们撑完全程的心脏。原本我还想说，今天跟您见到面，要再劝您重新考虑一下转院的事。"

一阵寒意自安男背部蹿升，让他动弹不得。

"那是什么意思？"

"你那辆车的确很旧了，耐震能力也很差，声音一定也不小吧。而且因为不是救护车，遇到红灯就得停下来，说不定还会遇上塞车。但我看你在后座铺了草席、垫被还有全白的床单，另外，窗户的四边都贴了胶带防风——我那时就觉得，这样一定到得了。您母亲一定可以的，她一定可以撑到鸭浦，让曾我医生诊治。我真的这样觉得。"

安男深深地明白了藤本医生想要表达的意思。

这个人真是名医。他知道要治好一个人，不只可以靠药物及手术。

"医生可以说这种话吗？"

"绝对没问题的。我保证。你一定要有信心。"

安男明白藤本医生也没有任何把握，但他却试着给自己勇气。

"我本来想，至少让一个护士跟你们去。但是医院现在人手不足，这中间又有许多曲折，所以我没办法做主——"

"没有关系，这样就行了。藤本医生，最后我有一个请求，可以请您答应我吗？"

"什么事呢？"

安男压抑着自己满腔的思绪，断然地说：

"如果鸭浦的曾我医生说他没办法动手术，到时候我会再把我妈带回来，届时就要麻烦您了……"

藤本医生倒抽了一口气，低下头来抓着安男的肩膀。藤本医生就是用这双纤细的手掌，给了他们一颗可以撑一百英里的心脏。当安男想到此，两行眼泪便再也克制不住。

"不，如果是这样的话，我会过去接你们的。我一定会去，而且再也不把您的母亲交给其他医生——不过，城所先生，曾我医生会动刀的。"

藤本医生的手臂环绕着安男的肩膀，开始向前走去。

"我收集了很多信息，那个医生真的很厉害，动过许多令人觉得不可思议的手术。因为他长年待在美国，所以在日本学界几乎没听过他的事。不过在我调查之后，发现他拥有无法用常识判断的执刀经验。那根本就是奇迹。"

在一个名为鸭浦的渔村医院，有个一年进行一百五十场冠状动脉绕道手术的留美外科医生，他的长相，微微地自安男脑海中浮现。

他是一个虔诚的天主教徒，受聘于圣马克斯纪念医院。长得很高，表情干练的他拥有强韧的意志与一双神来之手。他是春名教授相隔十届的学弟，年龄大约四十出头，和安男差不了多少。而目前国内的心脏外科权威医师私底下推荐了他。他表示这个人比自己的技术还要高超，就算自己无法进行手术，这个人也应该有办法动刀。

"没问题，曾我医生一定会点头的。"

藤本医生厚重镜片下的黑瞳闪耀着光芒。再一次，他又把医生的禁忌——肯定句——挂在嘴边。

办完出院手续后，安男的钱已所剩无几。

他从来不知道医药费可以那么贵。由于他从来没患过什么大病，只在健保特约诊所看过医生，每次的挂号费加自付额顶多也才几百元，所以他才会以为看医生大概就是这么多钱。

这个月没交给英子的薪水袋里的钱，一毛不剩地消失了。根据柜台小姐的说明，这种高额医药费，大概会在下个月退还六成左右的金额，但这个时候的安男无法想象所谓"下个月"

的未来。

正如字面上的意义,这攸关生命的一百英里之旅,在还没有开始前就遇到一个重大危机。

虽然他知道,这点钱妈妈应该是有的,但他怕自己一开口,就会造成妈妈的心理负担。

安男在公共电话前游移。两个哥哥、英子、茉莉、公司——虽然这些地方都可以调到急用金,但他却不想向他们伸手。

他先是打了通电话给野田律师。

"城所,你要干吗?一大早别开口说些奇怪的事哦。"

还没开口就被将了一军,安男显得有些退缩。要说明这整件事又是如此困难。

"野田,我有急事想找你商量——"

现在不是在跟律师说话,他是你的高中同学,安男在心里对自己说。

"我妈要转到千叶的医院,我错估了医疗费的金额。嗯,不过我已经付清了,现在是想请你借我油钱,因为我现在到我哥家是反方向,到你那里刚好顺路。"

野田的语气极差:

"你现在是在跟客人借零钱吗?"

虽然他受野田很多照顾,但他不记得自己曾经跟野田借过钱。安男心想,这家伙一定跟那些债权人是一伙儿的吧。

"不是啦。那点小钱,我妈还有,可是我不想让她担心——"

安男边说边翻弄着口袋,最后拿出两张千元钞票,还有几个硬币:这是他目前可以自由使用的仅有财产。回想两年前自己还掌握数以亿计的现金,现在却只剩下手中的这个数字。被逼到这般田地,真叫人不禁欷歔。

"野田,拜托你了。借我三万,不,一万就可以了。"

安男对着公共电话鞠躬,为了关乎妈妈生命的油钱,一个大男人也只能低头。如果他未来把这段往事讲给别人听,大家应该都不会相信吧。

"你是白痴啊?找错对象了吧?如果要顺路,你不会到你公司找中西借啊?"

"野田……喂,野田。"

电话被粗鲁地挂断了。按着公司电话的号码,安男迟疑了一会儿。如果这时候他还要靠中西、茉莉、英子他们的好意——如果要大家变得跟自己一样凄惨,死了算了。

死了算了。

这不是什么比喻。在那一秒钟,安男的确向自己提出了这个想法——干脆找个地方,跟妈一起死在那里算了。

真是引人入胜的一个提案。至少留在英子那里的两个孩子,以后不会说爸爸是因为没有钱才自杀的;他们会自圆其说,因为奶奶生病太可怜了,所以爸爸决定跟她一起共赴黄泉。

他用力地闭上眼睛,双胞胎的笑脸浮现脑海。

他们怎么称呼那个偶尔一起用餐的男人呢?在父母陷入困境

127

时成长的两人，一定会想办法讨男人的欢心、说些表面话，偶尔对他撒娇吧。但实际上，他们亲生父亲这个月没有给他们生活费，他们得靠这个男人过活。

安男心想，我不能死。

手指自顾自地动了起来，就连自己都会觉得惊讶的是，他竟然打给片山。

片山是他熟识的融资公司社长。

"社长，怎么啦，都月初了你还没消没息的。我打电话到你公司，他们说你休假，我还以为你要跑路了咧。你到底在搞什么啊？"

片山跟以前一样，总是称安男为"社长"。城所商产破产时，他承担了安男借的那些高利贷，所以就算安男宣告破产，他仍然欠片山三百万元。这点，野田律师也是知道的。

"我们不是说好先不还本金没关系，但利息你得照时付给我啊。我手头也没有那么多现金啊，还要一个个跟那些出资者解释，才好不容易过关。"

"抱歉，因为我这里有些情况。"

"什么？——有人去找你吗？你就把他们赶走，叫他们来找我啊，或者报我的名字也成，只要你说银座片山会处理，东京的流氓都不会找你麻烦的。"

"不是那样的。片山，我跟你说，其实我现在很想去死。"

"你说什么傻话——"

片山先是大笑几声，随后连忙认真地说：

"——喂，社长！你现在可别想些乱七八糟的啊。最困难的时候已经过去了，你振作一点！"

可能很多人借了高利贷，日子一久都会受不了，而选择了结生命这条路吧。听得出来，片山的态度十分严肃。

安男声音轻得就像只是两片嘴唇在移动。

"你可以借我钱吗？"

不安的沉默在话筒两端持续着。片山清了清喉咙，给了一个意外的答案。

"要多少？"

片山刚刚想到了什么事呢？一定是自己的声音让他明白这件事攸关生死吧。

"你愿意……借给我吗？"

"我刚不是说了吗？你要多少？"

"你不问我为什么吗？"

"混账东西！"

片山咬牙切齿地说：

"现在问你为什么有什么用啊。"

"一万就可以了，我马上还你。我现在没钱加油。"

"一万？……你的声音一点也不像只是没钱加油啊。"

"我一个小时以后到你那里去。拜托你了，谢谢。"

片山仿佛能够看见安男的身影，只听他低声地笑了：

"算了算了,我不是要你别再向别人低头了吗?那你到我办公室找我吧,还有油吗?"

"可以,没问题。"

"OK。你到附近的时候,再打一通电话给我,我总不能在办公室里把钱交给你吧。"

放下话筒后,安男心情有了些拨云见日的感觉。这样一来,总算是做好把妈妈送到鸭浦的万全准备,虽然要绕点远路,但那只是小事一桩吧。

"城所先生,可以出发了哦!"

护士推着病床呼唤安男,而妈妈还躺在病床上。他原本以为她至少可以坐轮椅下来,难道这个计划真的那么有勇无谋吗?

藤本医生一边窥探着妈妈的表情,一边说道:

"城所女士,我刚刚也跟您儿子说过了,您只要觉得哪里不舒服,就一定要马上说哦。请您一定要一直舔硝基甘油片,而且不能说话。"

妈妈握住藤本纤细的手臂,嗯嗯嗯地不住点头。

紧急出口处散发着光芒,让人预见门后灼热的夏日阳光。藤本医生用手遮蔽强光,望向放晴的天空。

"可能会有点热,但无论怎么样都不要开冷气,她现在不能吹风——"

藤本一副再多说什么也是枉然的模样,他默默地将一大袋书面资料交给安男。

"这张是地图,请尽可能不要转弯。"

藤本医生用红色油性笔在地图上标示出一路上途经医院的位置,一百六十公里的路程中,绽放了无数的花朵。

书面数据袋上以楷书写着收件者的名字:

圣马克斯医院心脏外科　曾我真太郎先生

这些数据就是生我、养我的妈妈,她的全部。

"妈,我们要出发啰。"

妈妈躺在后座,闻言举起她苍白的手臂。

当安男发动引擎,汗如雨下的藤本医生自窗户往里头望去。

"阿安,麻烦你啦。"

众护士亲密地唤着安男的小名,随即回到工作岗位上。

"请您不要介意,因为我们得考虑到教授他的立场、大学医院的面子,我能做的我一定帮忙。"

谢谢,安男只能不断道谢。

其实他还有好多好多话想说。不是抱怨人们对妈妈生命的冷淡以对,而是希望在这个诚实的医生面前忏悔,忏悔自己,必须承担妈妈生命的自己,最真实的那一面。

医生,我是个已经破产的人。身无分文,老婆、小孩也都离开我了。脑袋里乱七八糟的,不知道该怎么做才好;我只知道,我不能眼睁睁看我妈就这样死掉。

我很奇怪吗？所以大家看我，才会觉得我在做奇怪的事吧。

但有件事我很确定。

我妈这趟是生是死，关系到我的人生是好是坏。

虽然我这几年过得很糟，但我并不觉得有多坏。不，应该说我不想这样想吧。

我一直都觉得能够诞生在这世上，真的是太好了。所以就算别人都觉得奇怪，我还是要载我妈完成这一百英里的旅程。虽然您好心告诉我路上医院的位置，但就算我妈在途中发作，我还是会笔直向前开，不会停下来的。

我想我妈应该也是这样想的。反正都是死路一条，与其死在冷冰冰的病床上，不如在如温室般的夏季车厢里，走完人生的最后一段路。

所以，就算我妈觉得不舒服，我还是会笔直向前开，不会停下来的。

我虽然怪，但至少还算是个人。

谢谢您，托您的福，我最爱的妈妈，无论生死，都可以抵达天国。

真的、真的、真的谢谢您。谢谢。

11

满脸横肉的片山，兀自站在中央大街的行道树树荫下。

"社长啊——"

他将手上的信封当成扇子扇着风，问了安男他放在心里整整一个小时的疑问。

"我只是随口问问哦。你该不会是被谁逼急了，才向我开口借钱吧?"

"不是啦，不是那样。"

安男摇下驾驶座旁的车窗，没有打算下车，现在已经没有时间解释那么多了。

"那边的事情我会拼命帮你，你可不要想自己一个人解决哦，知道吗?"

接过来的信封里放着五张一万元的钞票。

"我现在也很拼命啊。"

安男举起大拇指指向后座。片山看了一眼后座,眉间皱作一团,仿佛他的两条浓眉就要纠结成一块儿。

"这老太婆是谁啊?"

"我老妈。我要载她到千叶的医院,在那里动手术。"

"她脸色很差啊,还活着吗?"

"嗯,还活着,至少现在是——我不需要那么多钱。"

"你拿着吧,有钱在身边总是好办……那个,你说动手术,是哪里的手术?"

"心脏。"

片山的衬衫被汗水浸湿,黑色的文身隐约可见。他再一次越过窗户看了后座一眼。

"老妈的心脏手术……听起来真让人悬心呢。"

忽地,妈妈轻轻地问道:

"阿安,到了吗?"

"还没呢。我跟人家说一下事情,马上就出发了。"

"我怎么觉得不太舒服啊,是不是不要仰睡比较好啊……"

不等安男从驾驶座下车,片山马上拉开侧边的车门。

"老太太,你还好吧!振作一点!"

"哎呀,您是哪位啊?"

"这时候问那么多做什么。我要怎么做?你要怎么样才会比较舒服啊?"

"不好意思,你可以帮我把背弄高一点吗?"

片山的表情和怒目金刚一模一样,他转过脸看着安男:

"喂,社长。你到底在搞什么啊?竟然在这样一个大热天,用厢型车载你生重病的老妈,这不是在开玩笑吗!"

"这当然是有原因的,可是我没时间仔细说明给你听。"

"我才不想听你说明什么咧。先想办法让她舒服一点吧,坐着比躺着要来得好吧。"

"是吗?我怎么觉得躺着比较好。"

"太震了啊。就算铺再多的垫被,还是会摇来摇去的吧。"

片山用手帕擦拭不断冒出的汗水,开始组装被折起来的坐椅。

"片山先生……"

"干吗啦。喂,你在那边发什么呆啊,她是你老妈吧,过来把垫被重新铺过啊。"

"我自己来就可以了。"

"还不是因为你在那里发呆,我才开始帮忙的吗?"

我才不是流氓咧——这句话是片山的口头禅。但观察着他一头早就不流行的卷发、凶狠的长相以及背上的文身,安男心想,要是他称不上流氓,那这世上应该也就没有流氓了吧。

虽然两人之间曾经有很多纠纷,但当安男支票跳票时,片山却挺身而出,帮他打理那些放高利贷的人。虽然他之所以会那么做,是为了保全自己的债权,但看样子,事情并非只是如此。他是个外冷内热、重情重义的男人。

"老太太啊,你过去一点,我把垫被重新铺在椅子上。"

妈妈拖着身体稍微移到另一边,片山将垫被拉到椅子上,重新铺了一张小床,接着,他将盖被折叠起来,放在靠背的地方,并放上枕头。

"好,这样就行了。只要盖个毛毯就够了吧。喂,老太太啊,你动得了吗?到这里来躺好。"

片山将手臂伸向后座,将妈妈拉到坐椅上。

"虽然我不认识你,但是我要谢谢你。"

"不用道谢啦。你们家儿子老是搞这种事情,我才会看不下去的。虽然我不知道这到底是怎么一回事,但你儿子还真不孝啊。"

妈妈倚靠着片山,在坐椅上就座。

"老太太,还是不舒服吗?"

"不会了。啊……这样坐起来比较舒服呢,又可以看见外头的景色。"

关上侧边车门后,片山用衬衫的袖子抹出汗水。他拿出一根香烟,盯着安男的脸。

"片山先生,真是抱歉。"

"真是的。我看你还要倒霉到什么程度,真是太夸张了。"

"这个月的利息,可以再缓一缓吗?"

"什么啊,东归东、西归西。社长,我已经跟你说过好几次了,我啊,手头也没有那么多现金。就算我的头衔是片山商事社长,但我上头还有好几个财东咧。"

"我知道啦。"

"哼,我看你一点都不明白吧。你怎么还那么天真,我看你一点都不知道金钱的可贵吧。一下成为暴发户,一下又穷得要死,这些都是你自己种的因吧。还在那边说什么借一下油钱、缓一缓利息的,要赖也要有个限度。"

"片山先生,不要说了,我老妈会听见的。"

片山偷偷地往窗里瞥了一眼,妈妈向他投以微笑。接着,他喟然而叹,从后方口袋掏出皮夹,将皮夹塞入安男怀中。

"片山先生——"

"我不会帮那些只欠油钱的人。你就拿着吧,啊……对了。"

片山像是忽然想起什么事情,从皮夹中抽了几张一万元的钞票,说道:

"这些是这个月的利息,两件事不能混为一谈——老太太,加油啊!"

片山抛下这句话,便头也不回地向充满阳光的人行道走去。

首都高速公路大塞车。

驾照失效的这两年,安男从不曾开车,也没有坐过出租车,因此也就忘了这世上还有"塞车"这回事。

他不仅还没找回开车的感觉,雪上加霜的是,这辆厢型车是现在很少见的手排车。每当他踩下离合器踏板,引擎就会熄火,只见后视镜里的妈妈不停地前后摇晃。

大排长龙的车阵挤在高速公路上,弥漫着蒸腾热气。

"妈,我开一下冷气好不好?"

"好啊,开到最冷。"

冷?——充满热气与排放废气的车内如地狱般炎热,安男与妈妈在后视镜里四目交接。妈妈倚靠叠在一旁的棉被坐着,阳光烘烤着她瘦弱的后颈。

"阿安,我问你,刚刚那个人啊……"

妈妈微微睁开眼说道,也许她从刚刚到现在一直在想那个人的事情。

"啊——那个人是老朋友了。你不要在意啦,我以前很照顾他的。"

"不是吧?"

谎言被识破,安男背脊蹿起一股凉意。

"你不是宣告破产以后,就不用再还那些钱了吗?"

安男不禁想,父母真是不可思议。妈妈明明连安男做什么样的生意都不知道,却猜到了片山的真实身份。

"不是啦。只是刚好他是放高利贷的。"

望着车顶的妈妈轻轻地叹了一口气。无论孩子如何掩饰,爸爸妈妈总还是可以看透。

"不过,他真是个好人呢。还帮我说了你一顿,说你太天真,不知道金钱的可贵——我啊,听着听着都要掉眼泪了。"

"他哪里值得你掉眼泪啊?"

"哎呀,你不懂啦。我真的很谢谢他,因为我没有把你教好。"

安男决定不深入探讨妈妈所说的话。若要追根究底,实在太难了。

他打开放在副驾驶座上片山的皮夹,里头有十万元左右的现金,还有一叠用回形针整齐夹着的收据。

片山拿出皮夹的姿态绝对称不上潇洒自若。他犹豫再犹豫,最后才决定把手头上所有的现金交给安男。

"那个人,多大啦?"

"我不知道啊,大概比我大两三岁吧。"

"嗯——那就跟秀男差不多啰。"

妈妈话才说到一半却没再继续下去,但安男对妈妈欲言又止的内容心知肚明。

高男、优子还有秀男他们都只管自己的事情,没有人可以管你。妈妈我也是,每个月光是想着要缴保费就伤透脑筋了。我们都不能代替你爸爸,好好地照顾你。

"那根本没什么吧。"

在心里打转的反驳化作了声音。

"我也已经四十了,不用谁来教我吧。你不要以为我还是个小孩。"

事实上,在安男心中,那件事比起学历、家世更让他自卑。他活了四十个年头,若是不断重复自我分析,他知道,那件事的确是他致命的缺陷。

因为他从未见过自己的父亲,所以他不知道该如何与自己的小孩相处。像是把小孩抱起来的时候、牵手的时候、责备小孩的时候、夸奖小孩的时候……他总是不知道该怎么做比较好。当双胞胎同时会说话,同时叫出"爸爸"的时候,他不但不觉得高兴,反而觉得很可怕。那种感觉就像是自己被供为一个名叫"父亲"的未知事物。

而英子是自己名叫"妻子"的情人。一直到他们离婚,他们之间的爱情依旧历久弥新。但他发现他从未视自己为英子的"丈夫"。

他不了解片山的生活。他想片山应该和大家一样,拥有一个普通的家庭吧。不管片山是流氓还是放高利贷的,在善尽丈夫与父亲义务的男人眼中,自己一定是个没用的家伙吧。

当然,哥哥们一定也是这样认为。

"这里是哪里?"

"快要到箱崎了,过了这里就不会塞了。"

"那这里是老街吧?"

妈妈抬起头来看向窗外。

"龟户也在这附近吗?"

"没有,还要再往前才会到。怎么?"

"打仗的时候,我曾经到龟户的工厂劳动服务哦。后来遇到空袭,就改到三鹰去了。"

安男曾经听妈妈说过。虽然我念了女校,但完全没有读书,所以不能教你什么——妈妈老是把这些话挂在嘴边。

"你爸爸他头脑就很好……"

"别说了。"

安男阻止妈妈继续说下去。打从他孩提时代开始,妈妈就不断地重复这些话,他已经听了不下数百遍。

爸爸头脑很好,苦读念完大学后马上到一流企业上班,真是个秀才。所以我们家小孩都很会念书。不用补习,也不用请家教,大家就可以考得很好。一定是遗传到爸爸的。

"哥哥他们都像爸爸一样聪明,只有我像老妈。真是一点都不公平。"

"阿安,不是这样啦。"

妈妈的声音如铜铃般高亢。

"虽然你哥哥他们也都是这样想,想说自己遗传到爸爸,所以很聪明。但其实不是这样的。我们在这里说说就算了哦。"

"什么?——那是什么意思?"

"是我催眠他们的,我不断催眠他们说,他们很聪明。呵呵,这是妈妈的绝招。"

妈妈望着车顶,诡异地笑了。

"说真的,其实你爸爸最喜欢说,高男、优子还有秀男啊,他们都像妈妈,他们的头脑也真的都不太好。但是因为我一直说,一直说,说到他们耳朵都长茧了,所以他们才会相信自己像爸爸。哈哈,他们这种憨憨的个性也很像我。"

"他们哪里憨了啊?"

安男笑着回应时，偷偷地瞥了后视镜一眼。对于父亲，他只看过几张照片。

"我像老爸吗?"

妈妈连想都没想，马上就回答说：

"一模一样，像到很可怕。"

"骗人。"

"因为每次讲到爸爸，你就会摆一张臭脸，所以我就没说。但是你的长相、声音、个性还有一些小毛病，都跟你爸爸好像。"

"真的吗?"

安男莫名地开心起来。在他的想象之中，父亲是个完美无缺的男人。

"等一下，老妈。就算我们的长相还有声音像，但是个性不像吧?"

"像。一模一样。"

妈妈肯定地说。

"哪里像?"

"你们都很温柔、很固执，从来不会抱怨，总是替别人想。虽然很冲动，但喜怒不形于色，而且，只要你们决定这样做，就一定会坚持下去。"

妈妈这番话让安男不禁陷入沉思。这些的确可能是自己的优点——但是换句话说，就会变成优柔寡断、老顽固、不会说话，虽然冲动但却很胆小。

"阿安,这有什么好奇怪的?"

"也许真的是这样,但我却是老爸的负面版本。"

"什么意思?"

"就像是底片的背面。虽然一模一样,但是呢,却是背面。"

"啊……原来是这样啊。"

妈妈的认同让人有点伤心。但不管是背面还是什么,像父亲这件事让安男感到很骄傲。

"不知道能不能把你修成正面呢。"

"怎么可能,早就来不及了。"

过了箱崎交流道,车潮便一路流畅。

"妈,现在要开快车了哦,你先睡一下吧。"

妈妈没有回答。后视镜里的妈妈,从睡衣里掏出一个护身符。

"妈——"

"哎呀,保平安的嘛。"

挂在妈妈颈子上的护身符里放着硝基甘油片。为了发作时可以马上拿出来,妈妈就算住院,也随时不离身地挂着它。

妈妈将一片硝基甘油片放入口中,重重地闭上眼睛。

"你不舒服吗?"

妈妈没有回答。

12

从木更津交流道下高速公路——

安男记得圣马克斯医院的人似乎是这样说的。

他兀自后悔着,当时为什么没有好好地记笔记呢。根据车上的地图,馆山快速道路标示着未完工的点线。

还是要走苏我交流道呢?他们那时候是不是说从苏我交流道下高速公路呢?安男不知该如何是好。

车上的地图比较旧,也许快速道路已经开通了。

他把车停在路肩,犹豫了好一阵子,最后决定相信标示"往鸭浦"的苏我交流道。房州的山路错综复杂,不知道哪里才是往鸭浦的捷径。他有一种走哪里都一样的感觉。

从国道二九七号接四一〇号。久留里城址、龟山温泉、龟山水库、养老溪谷、清澄山——他决定依着像是观光路线的途径前往鸭浦。

"妈，你饿不饿，我们下高速公路找点东西吃吧！"

"我可以吃吗？"

妈妈闭着双眼回应道。

时间已近下午一点。原本这个时候，他们应该已经要到鸭浦了。

"原本预定一点就要到了，所以我没有问医生吃饭的事情。医院的中餐都吃些什么啊？"

"稀饭。"

"稀饭啊……"

"我都可以啦。倒是你，应该饿了吧。"

妈妈的脸色苍白到几乎可以透光，看起来不像是能够进食。

"你有吃早餐吗？"

"没有。因为很早，所以只喝了咖啡。"

"那我们去吃些好吃的东西啦。"

"算了，反正饿肚子又不会死人。"

"可是我饿了啊，你让我吃点东西嘛。"

妈妈双眼仍然紧闭，仿佛极力压抑着胸口的疼痛。在这种状况下，她怎么可能会饿呢？

"我没关系啦。"

"就算你没关系，可是我饿了啊。"

他们下交流道后往前开了好一段路，在路边看见一间在停车场插着大渔旗的餐厅。

"活鱼料理啊。我们来吃生鱼片好了。"

"嗯,好啊,就像人家说的——最后的晚餐嘛。"

安男笑着反讽后,心里不由往下一沉。

最后的晚餐。这不是在开玩笑。虽然妈妈没有说出口,但现在她的狭心症一定发作了。只要有一点点的血块,塞在她已经惨不忍睹的冠状动脉任何一个地方,一切就结束了。

仅仅数毫米宽的血管掌握着妈妈的生与死。那他们现在为什么还要赶路呢?

安男在心里回想,他最后一次单独与妈妈用餐是什么时候。当哥哥、姐姐们搬离石神井的老公寓后,家里就只剩他跟妈妈两个人,那他们应该有很多机会一起吃饭啊。

妈妈恍若看穿了安男的心思,只见她毫无迟疑地说:

"我想跟阿安一起吃饭……"

她的声音愈来愈虚弱,最后的"拜托"几乎让人听不清楚。

安男将厢型车驶进大到不像话的停车场里。也许在挖牡蛎的季节会有很多观光巴士会经过这里,餐厅旁边有间很大的土产店,店前摆设了许多商品。

烈日当空,烘烤着空无一人的停车场。自国道翻滚而来的飞尘,使得活鱼餐厅的落地窗蒙上一层灰白。

安男仰望飘扬在空中的大渔旗,上头有红色、蓝色、黄色。他心想,说不定妈妈会在这里结束她的生命。

"阿安,你怎么了?"

我必须鼓起勇气。就算知道自己的心脏随时会停止跳动,妈妈仍不愿让自己的孩子饿肚子。

"妈，我终于懂了。"

"什么？"

"我终于知道养小孩是怎么一回事了。妈你就是这样把我们养大的吧。"

他怀疑自己是否曾经以这种心情面对自己的孩子。他一直相信身为一个父亲，就必须到学校参加家长会、必须录下孩子参加运动会比赛时的影像、必须偶尔带全家人到外头用餐，就算不住在一起，也要持续提供他们衣食无虞的生活才行。

我错了。无论何时，妈妈她总是拼了命在养育孩子。所以当孩子们一个个长大，离开石神井的老公寓时，她也会以最灿烂、不带一丝悲伤的微笑目送他们。尔后，就像浦岛太郎打开宝物箱般年华老去。

至少自己未曾为了养育孩子而赌上性命。

"我们吃些好吃的东西吧。"

安男离开驾驶座，海风随即渗透进他满是汗水的体内。

当他拉开侧边的车门，只见妈妈蜷缩在那张小小的床上，他隐约可以嗅到死亡的味道。

"来吧。"安男转过身去。

"没关系啦，我可以走。"

"不行，我背你。"

"我会不好意思。"

妈妈一边说着,仍向他的背上俯去,她的身体就像羽毛一般轻薄。

安男迈步向腾腾冒着热气的水泥路走去。

"阿安,对不起哦。"

干吗说对不起啊,安男才一开口便哽咽无法自已。自小就由妈妈独立抚养长大,就算离家也老是让她担心,最后还剥夺了她仅有的一点存款。即使如此,妈妈还是跟自己说了"对不起"……

安男一边走着,一边喃喃自语:

"妈,你不能死哦。"

妈妈没有回答,是因为没有自信吗?或者她明白这间偏僻的餐厅说不定就是她最后的栖身之处。

无情的太阳放了一团黑影在他们的脚下。

"你不能死哦。我一定会好好振作的,就算没办法像以前那么有钱,但我一定会好好振作,让你安心的。妈,你听到没,你不能死啊。"

说出口的话过于沉重,使安男的脚步也慢了下来,最后他只能站在弥漫蒸腾热气的停车场中央。

"你都那么大了,怎么还这样——"

妈妈取下挂在颈子上的毛巾,替安男擦干泪水。

"你爸爸他就没有哭过。"

"什么爸爸,我又不认识他。"

"所以我才要跟你说啊,你爸爸他从来没有哭过。"

"那是因为他没有背过他不知道什么时候会死的妈妈吧。如果他跟我一样,他也一定会哭的。"

"阿安,走吧。"

妈妈用她小小的拳头轻敲了安男的头。安男每走一步,就泣不成声。

妈,你不能死哦。我不要你死。不要。你不能死。不能死。不能死。

餐厅入口仿造提供渔夫休息、工作的小屋。掀开上头的门帘,一个嘴里叼着牙签的司机与他们擦身而过。当司机看到他们这对母子,惊讶的心情全写在脸上。

"阿安,我会不好意思啦——"

微暗的店里,民谣与冷气的凉风倾泻而出。

"不好意思,可以把冷气调小一点吗?"

安男在跨进去之前向老板问道。店内比想象中的还要宽敞,天花板挂着好几个玻璃制的游标,而墙面则是以渔网装饰。男人们围着依巨大水箱而建的吧台用餐,安男才一开口,他们便不约而同地望了过来。

"哎呀呀,喂,把冷气关掉。再怎么热也不会死人。"

一个一看就知道是卡车司机的男人,大声地对身着背心的男人吼道。

"老太太,身体不舒服吗?"

"嗯,我们正要去医院。"

"坐里面比较好,不会吹到风。"

安男闻言,让妈妈靠着墙面坐下。强壮男人的背部沿着吧台排成一排。

"你们要到哪里的医院啊?"

一个上了年纪,看起来像出租车司机的男人转过身来问道。他手中还拿着筷子。

"鸭浦的圣马克斯纪念医院。"

"鸭浦?——那还很远哪。你们从哪里来的?"

从东京西区来的——安男话才说完,男人们的结实肩膀都不禁缩了一下。

"哎呀呀,我听过那间医院喔。我之前在成田载到一个外国人,他就是特地要到那里动手术的。"

另一个出租车司机说道。

"哦——那里有那么好的医生啊?"

"嗯。而且听说是全世界最厉害的心脏手术医生。"

"在鸭浦吗?——真让人不敢相信。"

"而且那个圣马克斯医院啊,是几年前才盖好的天主教医院。有人说那里的医生就像神一样,可以把重病的人治好。"

"那我也要带我老爸去,他得了癌症。"

"我不知道癌症治不治得好,他们最会治的是心脏啦,听说还有人从美国来看病。"

"那是什么?'阿门'?为什么那么有名的医生会到鸭浦那种

鸟不生蛋的地方呢？"

"我怎么知道？——啊……对了，你们怎么从高速公路下来了呢？如果要到鸭浦，应该要从木更津交流道下吧？"

妈妈靠着墙壁闭目养神，听着男人们漫不经心的对话。安男心想，果然走错路了……不过，如果可以听到如此令人信心坚定的对话，绕远路也不无意义。

"我的地图很旧了……"

"这样啊。不过反正这边靠海，每条路都差不多啦。"

服务生来点餐。

"我已经把冷气关掉了哦。要点些什么？"

妈妈看着贴上彩色照片的手工菜单，苍白的嘴角漾起了微笑。

"点你喜欢吃的吧。"

"要不要点生鱼片？妈也爱吃吧。"

妈妈将棉袄自脚上拿开并脱下厚毛袜。这样没问题吗？安男随即闭上嘴巴。

他决定再也不说这句话，一直到他们抵达鸭浦。在这种生死交关的情况下，这句话不值得一提。

"木更津啊……"

妈妈望向远方。

"什么？"

"以前我们有想过要一起去木更津吧。"

"结果前一天晚上我发烧就取消了。唉，这就叫乐极生悲吧。"

"那时候你才小学一年级吧,就是东京奥运那一年。明明大家的生活都比较好了,我们却连电视都买不起。高男那时候念国中,你们都还是小学生呢。我跟你们说今年夏天到海边去玩,优子就说她不想去海边玩水,想去挖牡蛎。她还说大家可以一起吃那些挖到的牡蛎,她真的很会想。"

"全家人一起出去玩可能就只有那次机会了,没想到……"

决定取消行程的那个阴郁的早上,安男仍然记忆犹新。那天晚上,妈妈从市场买了很多生鱼片给大家吃。

"秋元先生真是个好人。优子眼光也很好,现在才会是分行经理夫人。"

"是吗?如果是好人,应该多少要想一下老妈的事情吧。"

他在出租车里揍了冷酷无情的姐夫。就算对姐姐来说,他是个好丈夫,但安男却无法接受他是个好人。

"你不要这样讲啦。只要大家都遇到好人,有幸福的家庭,这样就是孝顺我了啊。"

"抱歉。"

如果自己也能好好过活,妈妈的人生就称得上完美无缺了吧。而且,她是那么喜欢英子这个媳妇,对妈妈来说,他们两人的离婚绝对是件憾事。

"阿安,我跟你说……"

妈妈将她干巴巴的手掌放在安男膝盖上。

"你知道,优子有喜欢的人吗?"

"什么？姐姐？"

"不要紧张，她不是要搞外遇啦。她在跟秋元先生结婚以前，一直在跟一个男生交往。"

"我第一次听说。"

"事情已经过那么久了，不能跟任何人讲哦。你还记不记得，优子上短大的时候有在新宿那边的咖啡店打工，那个男生也是那里的店员。"

当安男还是个高中生时，曾经去过姐姐打工的咖啡店好几次。那是个在靖国通上的小咖啡店。他想起姐姐握住暗色玻璃门把手，像个门房般的身影。

"他们交往了五年呢。后来你姐姐从短大毕业，到银行工作的时候也是，而且他们也同居过一阵子。"

"你见过那家伙吗？"

"当然啊，我一直以为你姐姐会跟他结婚呢。我到他们的公寓看过，也跟他们吃过几次饭。那个人也真是个好人。"

"为什么姐姐跟他分手了呢？"

"因为啊……"

妈妈显得有些迟疑，仿佛不知道该怎么说才好。

"因为秋元先生跟她求婚了啊。"

"那算是什么理由。"

对姐姐来说，那可能是一个跟情人分手的绝佳理由吧。因为秋元是一流大学毕业的银行精英。

153

"国中毕业的服务生,交往就算了,但不够格当她的先生是吧。真是过分。"

"优子她也在追求自己的幸福啊。"

"是吗?幸福——不是跟自己喜欢的人在一起吗?"

妈妈断然地说:

"幸福用金钱就买得到。"

安男想,这不像是妈妈会说的话。至少,她不是因为喜欢所以才这么说的。

"会说什么幸福用钱也买不到的人,都是一些家世很好的人啦。只要曾经真正的穷过,就会明白用钱能买到幸福的道理。所以我觉得优子很聪明,她为了幸福才选择秋元先生。"

"我不喜欢这样。"

"阿安你也知道我在说什么吧。"

安男与英子认识时,他只是个不动产公司的业务员,没有什么野心,工作只是为了混口饭吃。

英子出身普通公务员家庭,虽然称不上家世显赫,但聪明的她从小到大都不愁吃穿。与其说他爱她,不如说他觉得跟这个女人在一起,他就不会沦落贫穷。英子与贫穷形象不合。

即使不像姐姐那么明显,但他们结婚的动机却可能十分相似。

高分贝的渔歌混合妈妈的话语,进入安男耳里。

"大家为了要幸福都很努力,大家都在帮忙实现妈妈的愿望,大家都是妈妈的菩萨,真的。"

"老妈,你说太多话,身体会不舒服哦。"

"反正已经很不舒服了。"

妈妈将水送入喉咙,深深地叹了一口气。

她已经将第二片硝基甘油片舔完了吗?她手中的时间所剩不多,于是贪心地想要说更多话?

"我还有好多话想跟阿安说呢。"

"好啦,你不说大家也都知道啊。"

"我忘记自己要说什么了,有太多话想说了。不过,有件事我一定要讲,就是啊,你哥哥他们并没有错。"

"我不觉得。我觉得哥哥他们错了。"

妈妈闭着双眼摇了摇头。她看起来像是要说些什么,但在她还没有开口之前,泪水早一步夺眶而出。

"你现在应该明白。出身不幸的人要变得幸福,是非常、非常、非常困难的事。好比说,昆虫要像鸟一样在空中飞翔,那是多么困难的一件事啊?你哥哥、姐姐他们自小就没了爸爸,在那个破旧的老公寓里面长大,长出很棒的翅膀,独立地飞向空中,那真是奇迹呢。人家在医院问我你们的事情时,我觉得好骄傲。我都跟他们说,我有四个孩子,一个是生意人,读国立大学的时候还拿奖学金呢;一个是医生,也是国立大学毕业的,最近才自己开业;还有一个唯一的女孩,她先生是银行分行经理,我女婿是东大毕业的哦,虽然他升迁慢了点,但以后一定是个了不起的人物。然后,老幺——"

"是不动产公司的社长,是吗?"

"我是这样跟他们说的。"

"是啊、是啊。老幺最厉害了,公司里有三十个员工,每天坐奔驰上下班,还在世田谷盖了一间豪宅。你是这样说的吗?"

此时,被送上桌的生鱼片用小船装着。

还有天妇罗、烤肉、红味噌汤、茶碗蒸。

"哎呀,叫了那么多啊。"

"因为这是最后的晚餐嘛。就算你不想吃,也要动动筷子喔。"

安男送了一块鲔鱼到妈妈嘴边,她仍然无力起身。

"啊——来,啊——"

啊——妈妈打开她充满药味的嘴巴。

"好吃吗?"

"好吃,很好吃。"

"这不能是我们最后的晚餐哦,我竟然让妈妈说谎了。"

"说谎?"

不知道妈妈是不是没有力气把食物吞下去,她不断用舌头舔着嘴里的鱼肉。

"我会当一个社长。重新当社长,让你说的谎变成真的。"

"不用勉强啦。你搞坏身体,也没有人可以照顾你。"

如果妈妈没有办法自己吞咽食物,安男打算把食物咬碎后再放到她口中,因为他想到小时候妈妈总是这么做。

13

他们离开与卡车交错的国道,驶进一片完全不同的田园风景之中。

厢型车爬上缓坡,进入蝉声笼罩的森林。此时的季节充满了不确定,夏天已经走到尾声,但说是秋天仍嫌太早了些。

房总半岛突出于太平洋,而安男从来没有想过这里的山区竟是如此之深,路愈攀愈高,最终进入深山。

妈妈睡着了。安男调整后视镜以便一览无遗妈妈的睡颜,接着加快速度。

熟睡中的妈妈偶尔会皱眉,是不舒服吗?或者她是为了减轻痛苦,才强迫自己进入梦乡?

他扭开收音机。而非常偶然地,令人熟悉的乡村音乐自喇叭流泻。

那音乐与眼前这片苍绿森林及蔚蓝天空十分相衬。

If you miss the train I'm on

You will know that I am gone

You can hear the whistle blow

A hundred miles

A hundred miles, a hundred miles

A hundred miles, a hundred miles

You can hear the whistle blow

A hundred miles

那是"彼得、保罗与玛莉"（Peter, Paul & Mary）三重唱的《离家五百英里》（500 Miles）。

很久很久以前，他们一家人住在石神井公寓的时候，当时是国中生的哥哥经常哼着这首歌。毫无任何矫饰、如清扬微风般的歌声，令安男想起那个贫穷、清苦的时代。

他小声地哼着脑海中的歌词。

Lord, I'm one. Lord, I'm two

Lord, I'm three. Lord, I'm four

Lord, I'm five hundred miles away from my home

Five hundred miles, five hundred miles

Five hundred miles, five hundred miles

Lord, I'm five hundred miles away from my home

"这首歌,以前高男常常唱呢……"

妈妈梦呓般念念有词。她从不曾对流行歌感兴趣,应该是记得哥哥的歌声吧。

"我们家每个人都是音痴,只有大哥不是呢。"

"他这点跟你爸爸很像,也只有这点而已。"

"哦?老爸他会唱歌啊?"

"唱得很好呢。他每次喝醉就开始唱军歌,他的声音好好听呢。"

"大哥到现在还是会弹吉他。一个堂堂的部长,竟然抱着吉他唱乡村歌曲,时代也真是变了。"

"是啊,是啊,我那时候本来要买吉他给他的,但因为太贵,他就说算了。"

"咦?那他为什么会有?"

"他生日的时候,小林先生买给他的。你还记得吧?小林一也先生。"

在想起男人早已模糊的脸庞之前,安男先在脑海中写下"小林一也"四个字。还记得一如他名字所示,那男人是个正直、和蔼可亲的人。

穿梭在树林之间,他终于想起小林的长相。

"那,老妈,我问你一件事,虽然不太吉利,但如果发生了什么事，要联络小林先生吗？"

"不用吧，都已经三十年没联络了。"

这句话听起来像是——已经分手三十年了。

的确有那么一阵子，安男觉得妈妈与小林先生是那种关系。小林先生比妈妈年轻几岁，是保险公司的外务，那时候妈妈年约四十，而小林先生大概是三十出头吧。他无法确定小林先生的年龄。

妈妈沉思了一会儿后才低语回应，她的语气中带了点寂寞。

"他说他要回北海道结婚，不知道现在过得怎么样。"

"你没有他的消息吗？"

"有一阵子听说他在札幌分行工作，后来就没消息了，可能辞职了吧。"

安男想起一件事情。他想起他的脑海为什么一下子就浮现"小林一也"这四个字。

是圣诞夜吧，小林拿着给四个孩子的礼物来到石神井的公寓，但他想不起来小林他是跟妈妈一起，还是一个人唐突地前来拜访。

那时候安男就略略感觉，对妈妈来说，小林这个人的存在已经不只是公司同事那么单纯。老幺都这样想了，哥哥们心里一定更明白吧。

即使如此，小林仍然毫无顾忌，在每个星期六的晚上，到石神井公寓与他们一家人一同用餐，再搭最后一班公交车回去。一切仿佛是照表操课般自然。

安男拿到的圣诞礼物是皮制手套。虽然他不记得小林送哥哥们什么东西,但那些礼物一定所费不赀。那是个今天完全无法想象,所得与物价极不平衡的贫穷时代。

那天晚上,母亲带着安男去送小林——仔细想想,应该是自己收到礼物太过开心,才跟着他们走到公车站去。

小林那天醉了。在公车站的路灯下,小林自怀中取出一本老记事本,他凭着路灯的光线,在记事本上写下自己的名字。

他先是写了"小林一也",再写上"城所一也"。

小林问道——阿安,你说哪个好?

他觉得妈妈也一起看了记事本上的内容。虽然安男当时完全不明白他这个举动是什么意思,但后来他明白,小林那时候是在跟妈妈求婚吧?

妈妈只是一笑置之,顶多回了句——小林先生,不行啦。

虽然安男一直到很多年以后,才明白小林为什么要这么做,但"小林一也"四个字却深深地刻在他的心底。

"妈,我问你一件无聊的事。我真的想知道。"

"什么?"

那真的是件无聊的事。但如果不知道那件事,他就不会明白妈妈的辛苦。

"妈在哪里跟小林先生见面?"

"哪里?公司啊。他虽然很年轻,但他是大学毕业生,所以是我们的组长。"

"不是啊,我是说你们在哪里约会——虽然问这个很无聊。"

"哈哈,你这孩子真讨厌。"

妈妈的表情就像个少女。

"你问这个做什么?"

"没做什么。因为我现在跟妈那时候一样年纪,所以有点介意。"

"阿安真色。"

妈妈无力地笑着,笑完后她以意外认真的声音答道:

"在小林先生的公寓。在郊外。"

"哦,这样啊……"

她的回答给了安男一击。那使得他完全明白了妈妈的辛苦与小林这个人的性格。

"那时候星期六不是上半天班吗?所以我们星期六下午就可以两个人独处。阿安,对不起哦,这件事你不要让哥哥他们知道哦。"

星期六的下午,是妈妈与小林相爱的短暂时光。接着,他们两个人就一同回到石神井公寓吃晚餐,四个孩子在那里等着他们。

妈妈一生中也许仅拥有过两次恋爱,而其中一次就在如此不自由的形式下开始又结束了。就算是这样好了,这个故事的确很像妈妈的作风,但小林呢?他能忍受如此不自由的恋爱吗?

他想起星期六的黄昏,当小林与妈妈一同回到石神井公寓,他那清亮的声音。

"阿高、优子、秀少爷、阿安——"

小林在开门时都会像妈妈一样呼唤四个孩子，就像进行一种固定的仪式。他的声音高昂、明亮又开朗。不，不是一种仪式。呼唤孩子们名字时的小林，就像是带着祈愿的心情，唱诵一段圣歌或是经文。

他还想起小林黑框眼镜后那对双眼皮。还有他的白衬衫、发油的味道、烟草的香味……

"妈，小林先生真是个好人呢。"

"是啊，他是个好人，好像一个天使。"

"为什么你不继续跟他交往呢？"

他话才出口就知道自己问了一个愚蠢的问题。有那么一秒钟，他是以小林的角度质问着妈妈。

"为了老爸吗？"

"不是啦，不是这样的。"

"不是？那你讲给我听嘛。"

妈妈沉默不语。对不会说谎的妈妈来说，要妥当回答这个问题实在太难了。

"要怎么说呢……啊，对了，因为人跟天使是不可以在一起的。也许你觉得我把话说得太好听，但我真的是这样想。"

"所以说，你也喜欢小林先生啰？"

"是啊。"

后视镜中的妈妈显得有些害羞。窗外的树影在妈妈苍白的脸庞上扫过即逝，吹进窗的微风有高原的味道。

"你爸爸希望你们可以过得很幸福，我也觉得小林先生可以完成他的心愿，而且你爸爸如果地下有知，一定会祝福我们的。这不是马后炮哦，我那时候真的这样想。小林先生他好认真，又很诚实，很为妈妈还有你们着想。"

"那你为什么不跟小林先生在一起呢？"

"现在说这些为时已晚。"

妈妈叹了口气便低下头去。为时已晚，这四个字让人充分感受到妈妈的悔恨。

"你还记得吗？就是他送你们圣诞礼物的那个晚上。"

安男没有回答。他假装忘记，好听母亲自己说。

"我记得是你吧，跟我一起送小林先生到公车站。"

"是我没错。"

安男忍不住说道。他已经知道妈妈要说什么了。

"你还记得吗？"

"我记得我好像送他到公车站。"

"那时候你还好小哦……"

妈妈微微地笑了，仿佛这一切是昨天才发生的事情。

"那时候小林先生在路灯下翻开记事本，写了'城所一也'这个名字，还自己夸自己说——真是个好名字。"

"哦……什么啊，竟然有这种事。"

就在那一瞬间,妈妈终于下定了决心吧。小林的温柔自妈妈体内溢了出来。

"因为啊……"

妈妈的声音忽地充满泪水。

"妈,你别再说了,我懂。"

"因为啊……"

"够了,别说了。"

"他真的是个天使。一开始只是觉得我很可怜,所以帮我冲业绩、让我申请补助。我实在太依赖他了。"

两人之所以会产生感情,绝不单是因为那样。妈妈一直是个地道的美女。

"我们在他郊外的公寓约会的时候,他好几次这样跟我说——让我多照顾你一点。我不是想让城所小姐还有孩子们幸福,是因为我这样做,会让我自己觉得很幸福。每次我都笑笑地敷衍他,他就会握紧拳头,气得在我面前掉眼泪。"

"气得掉眼泪……"

"然后一直说'为什么'、'为什么你要这样说呢'。"

"为什么?我也想问,为什么呢?"

"傻瓜。"

妈妈嗤之以鼻。

"你不能站在自己的立场想啊。我那时候负担很大,而且也知道未来的负担只会愈来愈沉重,我既然爱小林先生,又怎么能让他扛下那些责任呢?"

安男不懂,妈妈怎么会如此清高呢?她就算在谈恋爱、就算很穷,就连现在心脏都快要停了,她还是能一直抬头挺胸。

"我真的很谢谢他。"

妈妈嘟囔了一句。在种种懊恼与犹豫之中,当妈妈想起那个冬天路灯下的情景,也只能说出这样一个结论吧。

"我真的很谢谢他,那时候还哭了呢。他北海道的老家是个牧场。"

"啊,我听说过。他还说明年暑假要带我们一起去玩,可是没有实现。"

"你了解吧。他说他要改姓城所,就表示他愿意抛弃家业,一辈子照顾我们。他不想让你们改姓,而是要抛弃自己的姓氏:他要抛弃自己三十年的人生,来背负妈妈的人生。他下了那么大的决心,你觉得我还能答应他吗?"

小林的温柔的确自妈妈体内溢了出来。

"就算世上没有上帝也没有佛祖,但却有一个像天使般的人出现在我面前。阿安,你也是,你辛苦了那么久,一定会有个像天使般的人出现在你面前哦。"

"才不会。"

安男唾弃般回嘴。

"一定会的。只是你还不够辛苦。"

安男不愿意面对自己的事,于是转移话题问道:

"然后呢？后来小林先生怎么就没有来了呢？"

"因为我跟他道歉，说这样已经够了。"

"你跟他提了分手吗？"

"也可以这样说吧。后来小林先生就马上申请调职了。"

他除了诚实，还是个一根肠子通到底的人，无法承受两个人之间暧昧的关系。

"说不定，他现在在经营牧场呢。"

通往高原的途中，安男在虚空中看见一个青绿牧场。小林也已经六十好几了吧，如果他健在，一定也有了孙子吧。曾经希望成为我们父亲的天使，在北国大地究竟过着怎么样的生活呢？

妈妈悲切地说——他离开的那天，我还跟公司同事一起送他到羽田机场。

"那时候刚好是三月人事异动最频繁的季节。机场大厅有好几组人都是来送行的。以前的人都会这样给调职的人送行，那时候还真有人情味呢。"

"大家都不知道吗？"

"知道什么？"

"你们两个的事。"

"当然啊。我们很小心，所以大家都不知道。没有人知道。"

秘密说不定才更寂寞。妈妈在同事面前一定是强颜欢笑，高高兴兴地送他离开吧。

"他在礼品店的角落跟我说了句悄悄话，你猜他说了什么？"

"我怎么知道——"

"他说,他打从心底爱着我,爱到不能自拔。"

后视镜中的妈妈不再害羞。她无误地记着他们临别前的一字一句,想必,天使留下来的那些话语,正是支持妈妈接下来人生的力量。

"他还说,当我们第一次在一起的时候,我就决定了。我要负起责任,爱着你,爱着你的一切。所以,城所小姐,请你不要误会,我一点也没有勉强自己,我只是在做我认为理所当然的事情。对不起,给你添麻烦了。请你一定要加油。"

"你别让我哭啊。他真是个好人。"

"后来,他低着头跟我说了好几次对不起,我怕会有人看见,着急得不得了。"

那时候小林不是在道歉,而是在祈祷吧。忠实祭司的祈祷渗入妈妈的体内,让她有勇气面对四个孩子的未来。

"我去北海道找他吧。"

"不要啦。"

尔后,妈妈就陷入沉默。

14

If you miss the train I'm on

You will know that I am gone

You can hear the whistle blow

A hundred miles

A hundred miles, a hundred miles

A hundred miles, a hundred miles

You can hear the whistle blow

A hundred miles

因为没有学识,所以不知道歌词的意思。
但这是一首光是唱着就令人心情舒畅的歌。
"糟糕,现在脑袋里都是这首歌。"
"我懂我懂,有时候会这样。"

妈妈坐在安男两腿之间，海风让她的眼睛更细了。

花了好长一段时间，他们终于抵达鸭浦。他们征服了这一百英里的旅程。

"不过这间医院跟旁边还真不搭呢，看起来很可靠。"

妈妈包裹着毛毯，在安男手臂的环绕下回过头去。沿海而立的圣马克斯医院，就好比一只从天而降的巨鸟。

安男曾经想象这里会像是与世隔绝的疗养院。当他们离开山路，进入给人一种小渔村感觉的鸭浦镇后，那种想象就更显真实。

然而，当他们沿海岸线再往前一公里左右，圣马克斯医院竟如海市蜃楼般耸然而立，那气派的建筑与大学医院没有两样。而当建筑物映入两人眼帘，安男与妈妈同时欢呼出声，背着青空的纯白建筑在他们眼中，是栋天国的城堡。

妈妈说，到医院前想去看海。也许她是希望可以碰触一下或许再也没机会踏上的大地，以及迎面而来的微风吧。

他在堤防旁停下厢型车，背着妈妈前行。

到了堤防边，他像是抱一个婴儿般抱着妈妈：他用毛毯围住妈妈的领口，两人就这样眺望着洒满阳光的海面。

"妈，你做得很好，已经没事了。"

妈妈娇小得令人惊讶。

"不知道啊。不知道能不能动手术呢？如果可以动手术，会成功吗？"

"没问题的啦。如果不行的话,还没到这里早就出事了。"

"话是这么说没错啦——"

安男有一种漂泊四十年,终于靠岸了的感觉。自从自己与名为"母亲"的女人交往,他走了好长好长一段路。

他凝视着纯白的医院,泪水再度夺眶而出。他望向潮水,在母亲耳边轻声唱起歌来。

而妈妈就像在听摇篮曲般,无力地将颈子靠在安男的手臂上,一面敲着膝盖帮忙打拍子。

"If you me the trainer moon……"

"那是什么意思?"

"我怎么知道。等哥哥他们来探病,你再问他们。"

"如果我可以再看到大家就好了。"

"可以啦。我会让你们见面的。"

"该不会他们要掀起一块白布才能见到我吧。"

"不要说这些有的没的,我要生气啰。"

"你生气一下嘛,我从来没有看过阿安生气。"

妈妈握住安男的膝盖,扑哧笑了。

"你虽然是笨蛋,但就是性子好,不管发生什么事,都不会生气。"

"你说谁是笨蛋啊。该生气的时候我就会生气啦,平常我是在忍耐。"

安男的拳头还记得痛殴姐夫的感触。

"我想，我真的是笨蛋吧……只有我一个人跟不上。"

"跟不上？"

"跟不上哥哥们的脚步。"

"没有这种事，你们的路还很长呢。"

"一定是名字出了问题。高男、优子、秀男，接下来怎么会是安男呢？怎么想都觉得有问题。"

"要抱怨找你爸去，他会取'安'一定是有意义的嘛。"

像是安稳、安定、安心、安全、安乐什么的，都很好啊，而且它们也都反映出自己的性格。或许这也是一种"名不副实"吧。

风并不是那么狂烈，但九月的海浪卷得很高。

"我们走吧，你会着凉的。"

"再待会儿，晒太阳好舒服。"

太阳毫无遮掩地烘烤着整座堤防。

"我还想看夕阳呢，不过好像还要很久。"

"不行啦，走吧。"

"你再唱一次给我听。"

妈妈一定是借由这首歌，想起了大家还住在一块儿的时光吧，那时候小林努力地为这个家付出了自己的爱。一想到对历经苦难的妈妈来说，那段时间是她最幸福的时光，安男的心里只能充满无奈。

妈妈的幸福就是"希望"两个字。实现愿望并不是妈妈的幸福，对妈妈来说，为了希望走下去的那段日子，才是最幸福的时光。

有妈妈才有我。

"妈……"

"嗯?"

"我不会强求,请再多活五年吧,拜托。"

妈妈没有应允。

"那就是在强求啦。"

"我不会再说什么,也不会再求什么了,只要你再多活五年,到时候我可以跟你一起死。"

"好好一个年轻人说什么傻话。"

"我已经累了。我比你更想死啊。"

走完这一百英里,安男心中的支柱不复存在,只是空荡荡的。

"快点啦,唱给我听。"

安男吸了吸鼻子,开始唱道:

"If you me the trainer moon

You will know the I am go……"

此时,突然有一个大胡子钓客自削波块间走了上来,他无袖衬衫外隆起的肩膀被太阳晒得红通通的。安男见状停止歌唱。

钓客惊讶地看了看眼前的这对母子。孔武有力的他就像一座金刚,他用钓竿指向安男。

"我从刚刚就一直听你在那边唱,唱得乱七八糟的,根本听不下去。"

可能是当地的渔夫吧,百慕大短裤下的双腿强壮且毛发浓密。钓客的身影挡住了太阳的光线。

"不用您管。"

安男抱着妈妈就要起身,但钓客却用钓竿阻止了他。

"我跟你说,不是 If you me,是 If you miss。知道吗?还有,the trainer moon 是什么鬼?应该是 the train I'm on 才对嘛。"

看来他不是渔夫,他的英语发音出乎意料的标准。男人甩着钓竿,兀自大声地唱出声来:

> If you miss the train I'm on
>
> You will know that I am gone
>
> You can hear the whistle blow
>
> A hundred miles——

"怎么样?来,一起唱。"

安男还来不及觉得奇怪,嘴唇就跟着他的歌声起舞。

> If you miss the train I'm on
>
> You will know that I am gone
>
> You can hear the whistle blow
>
> A hundred miles——

唱完一小节后,男人拍了拍安男的肩膀,并说了句"Good"。

"不好意思,可以请您告诉我们歌词的意思吗?"

"哦——好问题。日本人常常摆明了不知道意思,还把英文挂在嘴边,真蠢。害我一年砸烂了三台电视,昨天晚上才买的那台高画质电视,也一下子就被我砸烂。"

"啊……"

男人来回抚弄他满脸的胡茬,用一种令人不舒服,像猫那样的声音朗诵歌词。

> 如果你没搭上这班火车
> 你会听着一百英里外的汽笛声
> 在心里送我离开吧
> 一百英里　一百英里
> 一百英里　一百英里
> 你听,那是火车的汽笛声吧
> 一百英里外的汽笛声

说完后,男人紧闭他的厚唇,看向安男的眼睛。

"这一百英里,辛苦你了。我是圣马克斯医院的曾我。"

刚刚忘记自我介绍了——安男无法回话,只能用双手捂住脸庞,放声大哭。

这个人会救我妈妈。就算世界上没有一个人可以帮忙,但这个人会救我妈妈。

他在这段一百英里旅程的终点等着妈妈。

"为什么不叫救护车呢,真是乱来。"

妈妈代替泣不成声的安男答道:

"这孩子很顽固的,一逞强就……"

"如果你妈妈因为你逞强而失去生命,你打算怎么办呢?"

自己到底在想些什么呢?安男就像是个被斥责的少年,后悔自己的一时冲动。

"我以为我妈……家母她……没有办法撑到这里的,所以……比起都是消毒水味道的救护车,不如……"

"在儿子开的车里,闻着有儿子味道的毛毯,然后让心脏停下来吗?"

"对不起。"

"不!"曾我真太郎强而有力地说道。

"我本来以为你是舍不得那些钱,想说从我们这边派车过去,没想到对方就通知我,你们已经出发了,而且还是开自己的车。你还真了不起。我在削波块那里听见你和你妈妈的对话,就算是偶然,但我还是听到了——你啊,真是个男人。"

曾我医师边说,边在妈妈面前蹲了下来,背对着两人。

"请吧,接下来让我带您到医院去。"

"这样怎么行……"

妈妈犹豫了。

"你儿子走了一百英里,已经没力气啦。你看,他像不像从鲸鱼肚里被救出来的渔夫?"

想必自己的脸一定就是那样吧,真的,筋疲力尽了。

曾我轻轻地背起妈妈,像个战士般迈出步伐。

"记得帮我把钓竿还有保温箱带上。不要急,你妈妈的心脏不会停的。"

安男拿起钓鱼用具,向曾我身后跑去。男人宽阔的背膀背着妈妈走在阳光普照的路上,朝向那个沿海而立的坚固城堡。

安男想,这一定是梦吧。就算他再怎么跑,却追不上曾我与妈妈的背影。

"医生!——我妈妈,家母她……"

"干吗!讲重点!"

"家母的心脏——"

"我不是说不会停了吗?"

"真的吗?您怎么知道呢?"

"你这混账!你走了一百英里,我还能跟你说什么呢!"

曾我的声音仿佛一百英里外传来的汽笛声,重重地打在安男的胸口上。

"你听好,我现在背着的已经不是你妈妈了,你不要在我面前喊她妈妈。"

安男好不容易追上曾我,上气不接下气地问道:

"为什么?"

曾我停下脚步，仰望着天空。他们听见了划破天空的巨响。有一台直升机从海角那头的群山间现身。

"今天我两个妈妈一起来找我了。你看，另一个是从五百英里以外飞来的。"

母亲用脸靠着曾我的后颈，重重地闭上眼睛。

"阿安啊，医生他是把病人当做自己的至亲啦。"

"啰唆。妈，你干吗讲得那么清楚。"

曾我念念有词地继续向前跨步。

"奇怪吗？我也没办法啊，我一定要这样才会有斗志。加油、加油，我一定会尽全力的，就算比赛结束没得分，也不要怪我哦。"

直升机停在医院旁的草地上，卷起了一阵沙尘。

身着白色修女服的护士们跑了过来，她们长长的衣摆随风飘扬。

"医生！医生！"

"哦，我知道。这个也已经到了！准备推床，还有 nitroglycerin 点滴！noradrenaline、calcium、diazepam 也要！"

安男急忙跑到厢型车旁，拉开侧边的车门，拿出藤本医生交给他的资料，但就在那一瞬间，他腿一软就不支倒地。

曾我的声音愈来愈远。

"帮帮那个人吧，说不定他的心脏先停了咧。把他安置在空床上，给他打个点滴。"

到天国的一百英里，我走完了。

安男躺在灼热的砂石上,深深地呼吸着。

他什么也看不见,什么也听不到。

走了一百英里。不是逞强,也不是因为恨谁:只是因为他相信——唯有这个方法是对的。

比赛结束了又怎么样呢?他总得先把老妈的心脏,交给那个前锋啊。

安男在地上翻滚,用两手抓起砂石,一把一把地塞进嘴巴里。

护士的脚步声走近。

"哎呀呀,他才需要镇静剂——快,拿推床来!"

身着纯白修女服的护士,大声说完后抱起安男的头。她的脸上始终挂着微笑,那微笑就像圣母玛利亚一样。

"救救她。"

安男抓住她的衣袖。

"没事的,放心吧。"

"救救她,救救我妈妈吧。"

"我知道,请相信曾我医生。"

"救救她,救救她。"

安男踢着脚边的砂石,说了不下一百次。

"曾我医生是世界第一的心脏外科医生,他有一只神赐给他的双手。没事的,你冷静一点。"

神来之手——God Hand。这个字眼成了镇静剂。

"我可以相信他吗?"

"一定要相信啊。人家说心诚则灵,你一定要相信。"

厢型车满是尘土,而它的轮胎仍然散发着阵阵热气。

"Open your heart,冷静一点。"

"Open your heart?"

"嗯,那是曾我医生的口头禅。每次动手术之前,医生都一定会打开他创造奇迹的双手,然后对着睡着的病人这样说,Open your heart。"

心情平静下来之后,潮音便进入耳中。

失去光芒的太阳,带着一身橘红就要沉入海中。

Open your heart.

安男再一次说道。而这句话就像一种咒语,夺去了他体内那股仅存的力量。

15

当安男自昏厥中清醒,他愣愣地看着病房诊疗区纯白的天花板,护士无声地抬高病床的背部。

营养剂点滴就快要点完了。

"风景真漂亮,好像在放录像带。"

白色波浪拍打着海岸,而海岸线连绵不绝。昏暗的地平线,点点渔灯摇曳其上。这是不确定季节里的不确定时刻。

"我们所有的病房都可以看到海景,在这里,窗外的景色也是一种良药呢。"

素颜的护士总是挂着笑容。她整理推车上药品的侧脸与窗棂融合为一体,简直就是一幅画作。

"这里的护士都是天主教徒吗?"

"没有这种事,因为这里的护士都是义工,所以人手非常不足。我们这一身白衣,只是一种形式,毕竟我们这里是天主教医院嘛。"

年轻护士笑着说，自己家是日莲宗的功德主。

"我们寺里的和尚也住院了，前一阵子动完心脏绕道手术，最近在康复。"

护士与那身纯白的修女服十分相衬。

是打了点滴的关系吧，安男觉得全身暖呼呼的，好不舒畅。

"我老妈呢？"

"已经送进病房了哦。曾我医生和医疗团队正在开作战会议。"

也许太耍帅了，但作战会议这个词很适合用在曾我医生身上。

"我刚刚到底怎么了啊，我只记得我把老妈交给曾我医生……"

护士扑哧笑了：

"城所先生真是吓人呢。"

"咦？吓人？怎么会？"

"你好像太激动了，后来好不容易冷静下来，又因为贫血昏倒。"

护士口中的那个"你"，在安男的记忆里是一片空白。他只记得把妈妈交给曾我医生后，自己就不省人事了。

"现在感觉怎么样？"

"很舒服。那个，护士小姐，我问您一件事情……这里，不是天国吧？"

眼前这名护士的个性似乎特别活泼,她闻言又笑出声来:

"当然不是啊。这里是圣马克斯医院的诊疗区啦,不过已经过了挂号时间。"

应该不会——其实认真想想也能推测事情的发展,但他完全感受不到六十公斤肉体的重量:人死后肉体灰飞烟灭只剩灵魂,应该就是这种感觉吧。

"也许是点滴的关系吧。"

"不知道啊……"护士斜了斜头。

"听曾我医生说,这个世界上没有特效药。药之所以有效,是因为人体借由药的力量愈来愈好——也就是说,如果患者没有求生意志,那什么药都不会有效。"

就算这里不是天国,也跟一般的医院不一样。这是一间语言、习惯、法律、道德都与国内医院大相径庭的异国医院。

"这只是普通的葡萄糖啊。"

护士拔下点滴的针头时说道。

"啊,对了——曾我医生说等您舒服一点,请您到牙科一趟。"

"牙科?"

"去看牙齿啊。"

护士用手指点了点她纯白的门牙。

"不,不用了。我没时间看牙齿。"

"不行不行,曾我医生好像特别在意这件事,他说你没有门牙,好运会跑掉的。"

| 183

安男顿时瞠目结舌,他都已经忘了自己缺少一颗门牙。那颗门牙也许真的代表着自己的运气吧,门牙掉下来的那天,正好就是他支票跳票的那天;而且那颗门牙之所以会掉下来,也是因为自己忙着调度资金,四处奔走还瘦了好几公斤,根本就没有时间去管蛀牙的事。说不定自己那时候瘦到连牙床都瘦了呢。

"没有门牙不好看啦。"

"嗯……"

他当然知道没有门牙不好看。但这两年,他不仅没有心力去看牙,也没有钱。

"可是挂号时间不是已经……"

"这个您不用担心,急救中心就有牙科医生随时待命。人家不是说吗?牙痛不是病,痛起来是会要人命的呢。"

护士扶着安男起身,她看透了患者心中的不安。

"还有,您不用担心费用的问题。这里的牙科不会帮患者装需要自费负担的高级牙齿,您有带健保卡来吧?"

"护士小姐,我老妈——"

"所以我就跟你说,你的门牙也是治好你母亲的一环嘛。这是曾我医生的命令。好了,你快点去吧,沿着走廊直直走,急救中心是在另一栋。你跟柜台的人说你的名字就行了,今天的值班医师是……嗯……"

护士将医院简介塞进安男手中后,翻开记事本。

"嗯,长田医生。这里很多医生都像胡须张一样哦,长田医生也是。他在美国留学的时候是橄榄球队的,好像还烦恼过是要当职业橄榄球选手呢,还是要当牙科医生。"

"……听起来很痛的感觉。"

"怎么会呢。不过就算再痛,也不会死啦。"

护士拉着安男的手走出点着灯的走廊。如海底般沉静的微暗,流泻着无伴奏大提琴组曲。

"城所先生,你不可以逃避哦。"

护士轻轻推了安男一把,就像将一艘小船推向阴暗的水面。

温煦的晦暗可以闻到海水的味道,静下来,除大提琴的弦音,远方还传来阵阵浪潮。他恍若置身于一艘随波起伏的小船上,天使正为自己演奏着大提琴的乐音。

安男走在白色的长廊上,心想这一定是梦吧。

他完全感受不到医院独特的冷空气。他边走边环视四周,无论他多么努力想知道究竟是哪里不同,却找不到笼罩周围的暖流泉源为何。

妈妈在哪里呢?

她疲累的心脏,一定在这个未知国度磐石般的建筑物某处安憩吧。

他站在宽敞的电梯厅里,看了看贴在墙上的楼层简介。这栋医院实在气派。主建筑有七层楼,附属的建筑物有三栋。妈妈应该在二楼的心脏外科吧,或者是先被安置在急救中心里头。

一名上了年纪的护士自电梯内走了出来，向安男投以微笑。她身着水蓝色的修女服，也许这才是真正的修女。

"您要到哪里啊？"

娇小的护士抬头看着安男，她厚厚的镜片闪耀着光芒。

"家母刚刚住进医院了，但我不知道她现在在哪里……"

"名字是？"

护士的声音充满修女该有的沉稳。

"城所，城所绢江。"

"嗯，城所女士马上就要接受检查了。听说是儿子从东京载她到这里来的，那是您吗？"

看来自己的不智之举已经成为整个医院的八卦，但老护士的语调并没有责怪安男的意思。

"抱歉，我太乱来了。"

安男低下头。他不知道周围的人是怎么看待他的行为，但那的确是无法用常识判断的举动吧。

"乱来？——不，您做得很好。您把您母亲的生命带到我们医院来了呢。"

护士再度笑了。她双手在胸前合十，并轻轻地弯了弯一边的膝盖。她水蓝色的制服上，有个闪闪发光的十字架。

"我想请问您一件事情……您是护士吧？"

"是啊，看不出来吗？"

"不是的，我还以为您是修女……"

老护士也许常常被问到相同的问题吧,她搬出早已预备好的台词:

"我是名修女,也是心脏外科的护理长,您妈妈就交给我们吧,请放心。"

"家母她——"

此时的安男问不出口。

虽然明知道尽是些愚蠢的问题,但安男只想知道,妈妈她能不能动手术,她会不会死。

"请您放心。当然,我没有办法保证您母亲一定会活下来。但您已经尽了人事,那么,就把结果交给主吧,也许您母亲会蒙主宠召,也许主会再多给她一些时间——无论结果如何,您母亲都是幸福的。您了解了吗?"

其实仔细想想,他们抵达医院也才一两个小时,怎么可能这么快就决定能不能动手术呢。老护士选择用她的话语在这个时候支撑着自己。

一想到此,安男自然地向老护士鞠躬。

"您今天要住在这里吧?我们医院有家属专用的公寓,晚一点请您到护理站来。急救中心的牙科要往那里走。"

护理长用手指向走廊另一端的昏暗。

"啊……我觉得我现在不是看牙齿的时候……"

"曾我医生已经交代了,他说请您先去装颗假牙,您就照他的话去做吧。医生他是个天才,虽然有时候会下一些奇怪的指令,但一定都有他的道理。您就等明天早上再去看您母亲吧。"

护理长再度双手合十、轻点膝盖,便走开了。

这个远离尘世的医院,它真正的姿态慢慢地、慢慢地在安男眼前浮现。

他不清楚是谁基于什么理念在经营这间医院。但可以确信的是,这间医院与人们一直以来信仰的医疗习惯完全背道而驰:圣马克斯纪念医院简直就像是个独立的国家。

大厅一角有公共电话。就连平时随处可见的公共电话出现在这里,都让人有种格格不入的感觉。

安男心想,总之先打个电话告诉其他人,他们已经平安抵达鸭浦了。打给谁好呢?

哥哥们——不,没那个必要。

前妻?大学医院的藤本医生?借自己路上旅费的片山?提供厢型车和休假的中西?

在安男还没有决定之前,他的手指就按下了茉莉的电话号码。这个时间她刚好要准备出门上班吧:茉莉坐在矮凳上,对着镜子往她气球般的大脸抹粉、点上胭脂,听到铃响后拿起话筒的画面浮现在他的脑海中。

"喂?"

一听到茉莉充满鼻音的声调,安男茫然无语。

"喂?安男吗?是安男吧?"

茉莉的声音就像一股清流自安男胸口满溢。无论何时、何地,她都是个能让人心安、不可思议的女人。

"你怎么知道?"

"当然,因为我爱你啊。"

茉莉说这句话的时候,一点也不害臊。也许,从来没有一个男人爱过她吧,对她来说,这种示爱的语言就像是经文一般,任凭她挂在嘴边。

"你出门以后,我一直坐在电话前面哦。"

他相信。茉莉就是这种女人。

"我们已经到了。妈现在要接受检查。"

"太好了……那间医院怎么样?"

"我不知道,有点奇怪。"

"奇怪?哪里奇怪?"

"一时也说不清楚。这里没有药味,护士都是修女,要帮妈动手术的医生看起来像英式橄榄球队的前锋。而且美式橄榄球队的选手要帮我装门牙。"

"哎呀呀,没问题吗?"

"没问题的,不要担心。"

茉莉就像长久以来一直等着安男这个肯定的回答,闻言叹了长长的一口气。深呼吸之后,她的声音听得见泪水。

"安男,我好爱你,真的好喜欢、好喜欢,喜欢到我都不知道该怎么办了。所以我一直在想你,在店里的时候想你、走路的时候想你、吃饭的时候想你、上厕所的时候想你,就连做梦也在想你。"

"谢谢你,我很幸福。"

"骗人。"

茉莉对着话筒大吼。

"你才不幸福呢。公司倒了,又欠人家一大笔债,老婆、小孩、哥哥、姐姐都没有人要管你,而我又丑又胖又没有钱,况且你根本不喜欢我吧。"

"我喜欢你啊。如果我不喜欢你,怎么会跟你在一起两年呢?"

"安男是个大骗子。这种事我自己知道,你爱的是你太太,而且你太太也还爱着你。"

"你冷静一点,到底发生什么事了。"

"我啊,我……安男,你不要生气哦。"

"我不会生气啦,到底怎么了?"

"我之前跟你太太见面了。"

安男有种被迫吞下铁块的感觉。茉莉和英子见面——这两个绝不可能相遇的人见面了,这两个没有理由要见面的人见面了。

"你不要生气,听我说。"

安男之所以没有回答,是因为没有自信能够冷静。

茉莉一开口,她的声音就如融入潮水般平稳、沉静。

16

安男,我好爱你,真的好喜欢、好喜欢,喜欢到我都不知道该怎么办了。

就算安男的公司倒了,没有钱,没有人喜欢你,我喜欢你的程度,就跟世界上讨厌你的人一样。

我一直觉得,爱一个人,就是希望那个人可以幸福。所以我一直在想,要怎么样才能让你幸福。

当然,我不能给你像以前那么大的幸福。光靠我一个人的力量,是没有办法让你回到以前的生活的。但我可以给你小小的幸福,像是帮你刷背、帮你掏耳朵、做好吃的东西给你吃,还有偶尔让你做些很舒服的事。

安男,对不起,我能做的只有这些。如果我再年轻一点,再漂亮一点,也许可以为你做更多的事,但我又不年轻、又是个丑八怪。

现在我也只能为你做这些事了。很丢脸吧。

不是我自己在说，我年轻的时候，可是很受欢迎的呢。已经过二十年了，是啊，二十年。如果我告诉你我真正的年龄，你一定会吓一跳的，所以我不讲。胖子是不会老的。

那时候，我可以为我爱的人做任何事情。所以大家后来都过得很好，正因为过得很好，可以靠自己过活，所以大家都离开我了，但是无所谓。只要我爱的人幸福，那就是我的幸福。

我一直在想，我现在可以为安男做些什么？一直想、一直想，后来就决定跟你太太见面。

啊，对不起，不是你太太，是英子小姐。

你不要误会哦，我不是在吃醋。因为我一直都知道，其实安男你还是爱着你太太，啊，爱着英子小姐。不不不，我真的知道。

茉莉我最明白了，跟自己爱的人住在一起是天底下最幸福的事。所以我想拜托英子小姐，请她考虑一下你们之间的事。

电话号码啊……对不起，我偷看了你的汇款单。

我一直在想要怎么说，要怎么向英子小姐开口，才能让她答应重新考虑你们之间的事呢。真的想了好久、好久。

虽然我的立场很奇怪，但我一定要做些什么才行。因为我想，全世界只有我才能帮你这个忙了。

加油、加油。到新宿咖啡馆的路上，我就挥着拳头一直说加油、加油。加油、加油，我只能加油了。

我们说了些什么？

想也知道，我当然不可能完全照实说啊。

我叼着香烟、斜靠在椅子上，第一句话就问她：

"你就是安男的前妻吧？"

哎呀呀，你过得还真好嘛。我跟你说，你身上的衣服、车子加的汽油、孩子的生活费，都是我的钱啊，我的钱。

生意好的时候，安男在我们那里花了很多钱，所以我还满感谢他的。所以现在就给他饭吃，帮他洗洗内裤什么的。可是这也太夸张了吧，他把全部的薪水都拿去给你花，我就算人再怎么好，也看不下去了嘛。两年啊，两年。

我不会跟你要这些日子我花在他身上的钱啦，你赶快把他接回去就行了。

如果我叫他滚出去，那他连饭都没得吃，怎么可能还有钱给你呢？绝对不可能。所以现在只有一个方法，就是大家回到原本属于自己的位置。

我不管你怎么说别人，但你没有资格说我。因为我这两年一直在养你，还有你的小孩。

所以我跟你说，过去的事情就不用再提了。就当做我这两年在做善事啰。

反正你赶快把他接回去。看你是要跟那个破烂复合还是怎么样，随便你。这时候你不应该还在那边挑三拣四吧，虽然说他是个破烂，还是可以赚钱养活你们全家啊。如果钱不够花，你可以去打工啊，这样不就好了吗？就算离婚还是可以住在一起啊。反正我已经受够了，就算你不肯，我还是会把他赶出去的。那他可能就没有办法继续供你们吃住了吧。你自己想一想哪样比较划算。

……安男，你生气了吗？

我跟你说，你太太啊，她竟然低头跟我道歉。

说什么安男给您添麻烦了。

那个人很漂亮呢，跟她身上的名牌衣服很搭。如果是我穿上黑色的套装，一定看起来像是要去参加丧礼。

你骂我笨？

我才不笨呢。为什么让心爱的人幸福，会是笨呢？

安男，对不起，我太鸡婆了。虽然我觉得自己不笨，但可能做得太过了。

男人？

那我不知道。如果那么美的人，单身了两年还没有人追，那的确蛮奇怪的啊。但是她已经答应我会跟你和好啊，应该会跟那个男的分手吧。

拜托你，就不要问她那件事了吧。因为安男这两年来也一直跟我在一起啊。不管英子小姐这两年做了什么，或者发生了什么事，你都不要追究嘛。

安男，对不起哦。

我告诉你哦，其实我还想着一件事。一直、一直想着。

就是你孩子的事情。我之前不是告诉过你,我亲生妈妈带着我改嫁后没多久,她就过世了吗?后来,我的新爸爸又娶了老婆,还生了弟弟,但我的家人全都跟我没有血缘关系。虽然我们住在一个屋檐下,他们却跟我一点关系也没有。

有件事,我从来没有告诉过任何人,你愿意听吗……我跟你说,我的第一次就是给了那个新爸爸。

就算他后来娶了新妈妈也是,他每次喝了酒就会到我房里,用猫叫声叫我,茉莉子、茉莉子。

我讨厌下雪,最最最讨厌了。我也讨厌安静的夜晚,因为会让我想起那个人。

在一个下大雪的晚上,新妈妈看见我跟他在做那件事,就把我狠狠地打了一顿,还把我赶出去。我身上只带了我妈妈的牌位、学校制服还有一点钱。

因为我不想让别人知道,所以我就到学校去等天亮。天亮了以后,我就向每个班上同学的桌子说再见,自己去搭第一班火车。

好久好久以前,二十五年以前。

我跟你说,我那时候靠在火车的窗户上,想着一个人。

想着新爸爸。为什么他要跟我做那件事呢?为什么就算他娶了新妈妈,还是要跟我做那件事呢?

我觉得一定是因为他忘不了我妈妈,因为我们长得很像。

当我这样想的时候,我就跑到火车尾巴那里,向着天空飘下来的雪大喊,谢谢!不是再见哦,是谢谢。

我真的很高兴,因为我很爱我妈妈,但却从来没有为我妈妈做过什么事。如果我能代替妈妈跟新爸爸做那件事,我真的很感谢他。

可是啊——我很了解没有爸妈的孤单。我一想到万一英子过世,你的小孩要交给别人养,我就觉得好可怕。说不定长得跟安男很像的孩子,也会遇到跟我同样的事情,我一想到就觉得好可怕、好可怕,连身体都一直发抖。

安男你还很健康,你是那种就算生活过得再困苦也不会死的人,所以一定可以一直待在你小孩身边。

我离开老家的那一天,跟每个人都说了谢谢。不管那时候发生了什么事,我都觉得我自己很幸福,真的要感谢大家。

做人啊,别人让自己幸福的时候,当然要跟对方说谢谢啊。所以为了我爱上的男人,我什么事都愿意做,就算没有人会爱我,但因为我爱他啊,所以还是要谢谢他。

因为光是被爱那不是幸福,爱人才是一种幸福吧。我每天都觉得小鹿乱撞呢。

安男,虽然英子有点任性,但你要体谅她哦。因为你爱她啊,每天、每天都要跟她说谢谢哦。

还有,要多亲她一点,就像你亲我那样;每天晚上都要抱着她,就像你抱我那样……不,要比抱我还多,更多一点。因为你深爱着她。

安男，我真的很爱你。我想，我这辈子不会再像爱你一样，爱上别的男人了吧。

对不起，我实在太鸡婆了。我什么忙都帮不上。

安男，你怎么了？

你说话啊，你别哭嘛。

哎呀，快点，说话啊。

"我爱你。"

安男颤抖着嘴唇。

夜的另一端，茉莉停止了呼吸，陷入无止境的沉默。

"你说什么？"

安男双手抱着话筒，再说了一次：

"茉莉，我爱你。"

就在那一瞬间，茉莉像个孩子般欢呼出声。

"谢谢！"

"茉莉，我是认真的。我没有骗你。"

"那种事一点都不重要啊。谢谢你！我永远都不会忘记！呜哇——我好高兴。太高兴了！谢谢！谢谢！那就这样啰，Bye-bye。"

安男还来不及出言阻止，电话就断了。

在遥远的那个地方，究竟发生了什么事……

好一阵子，安男只能抱着话筒，站在波涛声之中。

17

"话说回来,你的牙齿也太夸张了吧。虽然我身为一个牙医,不应该这样说,但是你的牙齿真的太夸张了。看牙医有那么可怕吗?——来,嘴巴张开。"

牙医的大胡子让人还联想到钟馗,而他低沉的嗓音让空气微微震动。但就算这里是急救中心,他也不能穿着露出腋毛的冲浪背心还有短裤吧。

"我先跟你说,我不会让你觉得痛的啦。日本的医生老是让病人忍耐,但在美国啊,只要病人一觉得痛,他就会说你是密医。所以就算只是拔个牙,也可以全身麻醉哦,你需不需要啊?"

"什么?全身麻醉?!不用了,不用了,我觉得麻醉还比较可怕。"

牙医这时想到要戴口罩,戴上口罩便准备开始治疗。他粗壮的手指在安男嘴里四处按压。

"不只是牙医,在日本不管看什么病,好像都很痛的样子……是不是因为很便宜,所以大家才不会抱怨呢?来,嘴巴张开。"

"到国外留学念牙医的人很少吧?"

"留学?——没有啦,我不是哦,我是在那里长大的。你知道达拉斯吗?就是肯尼迪总统被暗杀的地方。我家离达拉斯大概一百五十英里吧。我老爸很奇怪,他本来是上班族,拿到绿卡以后就把工作辞了,然后在达拉斯定居。你知道我为什么要当牙医吗……"

安男很希望大胡子牙医在治疗的时候可以少讲一些话,但他的技术真的很好。

"第一个,我们村里没有牙医,放眼望去只看得到棉花田。大人平时养小孩就像养玉米或是向日葵一样,可是如果要看牙医,就要到达拉斯才行。第二,我老爸蛀牙超多的。喂,你笑什么啊,很危险啊——来,嘴巴张开。"

牙医停顿了一会儿继续说道:

"可是你知道吗?等我拿到牙医执照,回到我们那个村子,以前一直老是欺负人的那个鲍伯,竟然比我早一步当上牙医,而且把我老爸的蛀牙都治好了。早知道事情会变成这样,我就不会犹豫,马上去打职业橄榄球。后来我到纽约无所事事的时候,就接到曾我医生的邀请。嗯,你这颗牙齿……听说,你是陪人家来的吗?会待几天啊?"

安男望着诊疗室纯白的天花板,一时词穷,不知该如何回答。

"我是陪家母来看心脏的,还不知道能不能动手术……"

"是曾我医生要你们来的吧?"

"要我们……应该说先过来看看吧。"

"那一定没问题的啦。"

牙医平静地说:

"曾我医生不是普通的医生,他不可能会说先过来看看的啦,他会要你们来,就代表他有自信。"

安男闭上眼睛,虽然这只是多话牙医闲聊中的一段话,却让人很安心。

"真的吗?"

"谁知道,不过我个人是这样想啦。可是他要你装假牙,不就表示他要做这件事吗?"

"医生说没有门牙,好运会跑掉……"

牙医拉下口罩,像个美国人般哈哈大笑。

"你看,他已经决定要动手术了嘛。不过那倒是真的。"

"真的?"

"人不能没有门牙啦。呼吸不顺,又不能用力,而且真的很丑。没有门牙,好像就是在告诉大家我是个胆小鬼还是穷人一样。那种家伙啊——啊,抱歉。我不是只有说你啦——反正呢,没有门牙的人,不会有好工作、好女人,也不会有其他什么好机会的。我说得没错吧?还是说你觉得没有门牙有什么好处吗?你也不会去追一个没有门牙的女人吧?"

牙医沿着牙床清理蛀牙,到了一个段落,他仔细地拿起假牙比对。

"我跟你说,这先暂时放在你牙床上,你这几天不要咬一些硬的东西。等你妈妈手术结束之后,我再帮你装上去。"

令人担心的是——究竟要花多少钱呢?

这是安男第一次装假牙,心里完全没有个底。

"医生,我请问您一件事……"

"什么事情?钱的事情?"

牙医一边削着假牙,一边问道。

"真是不好意思——"

"有什么不好意思的。你就是因为没钱才一直没装假牙的吧?我觉得没钱一点都不用不好意思,但没有门牙就真的很不好意思了。"

"……是啊,您说的是。"

"对吧?你是要问装假牙要多少钱吗?"

"是啊……想请问要多少钱呢?"

"你不用担心啦,你要上电视吗?"

"呃……"

"还是要出专辑呢?"

"怎么可能。"

"那你要跟茱莉亚·罗伯茨亲嘴吗?"

牙医在把假牙塞进安男嘴里的同时,一边说着无聊的笑话。

201

接着，一个人大笑出声。

"那你就不需要装一颗一万美金的假牙啊，五百美金的就很够用了。只不过，五百美金对穷人来说也是一笔不小的金额吧。到时候跟你妈妈的费用算在一起就行了，OK今天就先这样吧。"

看诊椅的灯光熄灭后，脸上挂着阳光般笑容的牙医直盯着安男。

"我本来也想说明天要问一下这件事情，就是我妈妈她医药费的事。"

"没问题，不用担心。"

"可是……"

"你别开玩笑了，这间医院是没有在赚钱的，而且也没有一个医生爱钱。大家都只会想要怎么救人、怎么疗伤、怎么消除病人的痛苦。这不是应该的吗？"

"那听起来很像是电影里的台词——"

安男笑着回答后，牙医伸出他大如棒球手套般的手，示意与安男握手。

"那是我们的荣幸。只要我们做应该做的事，医院就可以健全地经营下去。你知道什么是应该做的事吗？帮病人装一颗一万美金的假牙不是应该做的事，应该做的，是帮像你这种患者装一颗五百美金的假牙啊。就是这点——我就是这点跟鲍伯不一样。"

虽然牙医嘴碎得有点烦人，但却在不知不觉中为安男赶走了忧愁。也许，这也是他的疗程之一吧。

"那个欺负人的鲍伯帮梅尔·吉普森装了假牙吗?"

"怎么可能。不过他好像有寄信到他的经纪公司。我老爸利用他在公司上班时建立起的人脉,把农场做得很成功。他就帮我老爸装了颗金牙,一颗要六千美金。拜托,现在哪还有人在装金牙啊?!他在村子里开了一间附汽车旅馆的牙医诊所,变成村里的名人,老是穿着像执法悍将的全套西装。我本来想为了他帮我老爸装金牙的事找他决斗,可是想想就觉得那也太蠢了吧。所以我就跟他说,我老爸那颗金牙都可以帮你买凯迪拉克的后车窗吧,你可要好好帮我老爸照顾好它——好了,闲话就到此为止吧。反正呢,我跟鲍伯不一样。我帮人家装的假牙啊,不是为了漂亮,也不是用来亲嘴的:我只帮人家装用来咬面包的假牙。所以呢,没问题,这间医院的会计课有社工会帮患者服务,所以你不用担心。"

小小的诊疗室外有把冰毛巾敷在脸颊旁等候的患者。

走回主建筑的途中,安男在海风阵阵吹拂的走廊稍作停留,望向岸边的点点渔火。

他在心中想着一个问题。

如果妈妈之前遇上这种状况,假设这件事发生在自己生意正成功的时候,那——自己会怎么做呢?

自己应该会像哥哥们一样,选择末期的内科治疗,默默地等待几个星期或几个月后的讣告,而不会像现在甘冒风险,只为了让妈妈活下来吧。

应该会是这样没错。生活宽裕、幸福的自己一定会毫不迟疑地弃妈妈不顾。为什么呢?因为妈妈已经无关乎自己的幸福,妈妈已经不算是家人了。

如果妈妈过世,他还是会哭,但那绝不是因为后悔自己没有设法救她吧。甚至,他不会多想是否有让妈妈活久一点的可能性,只觉得那是生老病死的无可奈何:那是她的命。他会这样告诉自己——我已经尽了最大的努力,但还是无力回天。

闪烁于地平线的渔火,就像妈妈垂危的生命。

自己现在满脑子都想着要救妈妈。但那不是一种意志,而是祈祷。他可以牺牲任何事情,当然,也包括他自己的生命。就算要他现在马上死去也无所谓。

"阿安,那也太夸张了吧——"

不可能听见的爸爸的声音在安男耳边响起。

"一点也不夸张,我只是把得到的还给她而已。"

"你妈妈她又没有要你还她什么。"

"谁都不想死吧。老爸你当初也不想死吧。"

"嗯……"

满月在走廊石块上画下自己长长的影子,影子有些驼背,因为肩膀很斜,颈子显得特别长。妈妈说那跟爸爸的身形一模一样。

"可是阿安你知道吗?如果爸爸走了的那时候,你或是高男、优子、秀男他们任何一个人说这种傻话,爸爸一定会骂你们的。"

"是吗？这是傻话吗？"

"你也是人家的爸爸，你应该了解吧？如果你的小孩们这样说，你会怎么回答他呢？总不可能说谢谢你们救我吧。"

那个我明白，但自己想救妈妈的这份心意，绝对一点也不夸张。如果老天可以答应他的请求，他愿意当场失去自己的生命。

"老爸，有件事我不懂。"

"什么事？"

"我生意成功的时候，从来就没有想过老妈的事。只有偶尔，像是母亲节或者她生日的时候，让我老婆拿钱回去给她，问问她过得怎么样而已。"

"那不就很好了吗？你那么忙也是没办法的事啊。"

"问题是——我一点也不忙啊。我只是在装忙，觉得很麻烦而已。"

"那也没关系。你如果觉得爸妈很麻烦，就表示你已经可以独当一面了。你妈妈她也知道，她每天都对着我的牌位跟我说，你们每个人都长大了。这样就很好了，爸妈是不会想给小孩添麻烦的。"

"我不管老妈她怎么想啦。而且我想知道的是，为什么我过得好的时候不会想到老妈，现在一无所有了反而……"

"那就是贫穷的可贵之处啊。穷人最了解那些无法用金钱买到的事物。"

安男想起妈妈在车子里说的话，她肯定地说"幸福用金钱就买得到"。

"老妈一直要我变成有钱人，难道她是希望我变成有钱人之后，就把她给忘了吗？"

"是啊，就是那样。因为现在你很穷，所以了解世上有用钱也买不到的东西，但那不是你妈妈的本意。你妈妈一定是想，与其让你这个穷儿子救她，还不如你今天是个忘记妈妈的有钱人。"

那就是妈妈的全部，是所谓妈妈的存在，妈妈的人生。

"爸爸我有件事要拜托你，你愿意答应我吗？"

爸爸的身影随着海面上的满月移动，侧身在笼罩夜雾的草皮上躺了下来。

"我很早就走了，让你妈妈吃了不少苦。你知道，你妈妈的人生中没有什么好事。"

"这我知道，大家都知道。"

安男原本想说——妈妈就连唯一的一次恋爱都放弃了，却硬生生地把话吞了回去。

"无论如何，你一定要救你妈妈。然后，你自己也要幸福，成为一个可以用金钱买到幸福的人，完成你妈妈的心愿。好吗？"

"我？……不可能啦。"

"怎么会不可能呢。跟你妈妈独力养大你们四个小孩比起来，你重新站起来要简单太多了吧。阿安，你仔细想想，你妈妈让你们的人生出现奇迹啊。她一个女人家，努力打破穷人家的障碍，让你们每个人都出人头地，这可不是随便一个有钱人就做得到的事情。"

"我没有出人头地,我已经破产了。"

"然后呢?你根本不懂你妈妈的辛苦。虽然你说大家都知道,但是你什么也不懂。这不是你做不做得到的问题,你有义务重新站起来,你有义务要过得幸福。阿安,你听到了没?你现在要做的,不是为了你妈妈放弃自己的生命,而是跟你妈妈一起过着幸福美满的生活。你懂吗?拜托你了。加油,你一定可以的。"

天边的云自海角飘过来,吞没整个满月。

安男在石头上蹬了几下,呼唤着他心中的那个爸爸。

18

安男在护理站领了钥匙及地图,就往家属专用的公寓走去。

那是条位于松树林间的小径,而公寓就盖在海岸与道路之间的那片月光下。

"喂——城所先生——"

一件白袍自远方的暗处靠了过来。有那么一秒钟,安男以为自己遇上什么怪事,但并非如他所想。

"我明明跟护士交代,请你从急救中心回来之后,先到我那里一趟的。她们真是不灵巧。"

曾我医生将塞满啤酒罐的塑料袋举至眼睛的高度。

"你还没吃饭吧?"

安男完全忘了用餐这回事。

"那刚好,我带了一点住院病人伙食的剩菜,一起吃吧。你别小看我们的伙食,那可都是从鸭浦渔港直接送到医院的,应该是全世界最好吃的伙食吧。"

曾我医生赤脚穿着凉鞋,自白袍衣摆的缝隙,看得见他汗毛浓密的小腿。

"我去装了假牙,虽然只是暂时放上去而已。"

"我看。"曾我一边向前,一边紧盯安男的嘴巴,问道:

"今天是谁值班?"

"长田医生,就是留胡子的那位。"

"哦,胡须张啊。他动作很利落,而且技术很好——对了,妈妈很担心啊,你公司那里还好吧?"

明明他们今天才初次见面,曾我医生的语气却像是在对一个老朋友说话。是美国社会的习惯吗?不,应该是他个性使然吧。

"我已经请假了。反正我也没有负责什么重要的工作,老板也很体谅我。"

安男一想到曾我医生是来告诉自己关于动手术与否的结论,他的脚步便显得沉重。

"医生……家母她……"

"没事,她还没死。"

安男驻足不前。

"阿安,你怎么了。妈妈她一直在说你的事情哦,她还说你如果要工作,就先回东京吧。怎么样?"

"不,我不回去。请问什么时候动手术呢?"

"再观察个两三天看看。还好她心脏本身的机能不差,她什么时候开始有狭心症的?"

"她一直在医院进进出出的,真希望他们早点让我们知道可以来这里看。"

嗯……曾我医生斜着头回想病历表上的资料。

"外科是春名先生负责的吧?"

"对,是春名教授负责的,他之前有跟我们说明病情。"

"就算他说不能动手术,你们也没办法吧。他应该还是有考虑过啦,想说先靠内科改善症状,如果可以的话再动刀。不过,那是不可能的。就凭春名先生的本事,是开不了的。"

他的笑容充满十足自信。只有这个人才能让妈妈的心脏活过来。

"内科的主治医师是?"

"藤本医生。"

"藤本?——没听过啊。不过我光是看数据,就知道他是个好医生。藤本、藤本,好,之后想办法把他挖到我们医院好了。先不说春名教授,你可要好好谢谢那个医生哦,如果是其他内科医生,妈妈可能死个三次也不够吧。"

"真的吗?"

"是啊。他把数值控制得非常好,用药很精确,就像寸步不离的御医,让妈妈好好地活下来——喂,阿安,你怎么啦,把钥匙给我。"

安男忘了藤本医生这个人,站在公寓前,他迟迟没有迈步。

他一直以为，自己是一个人带妈妈走完这一百英里的。但事实上并非如此。

"医生——"

"怎么了？"

安男说不出话来，也无法正视曾我医生，只能低头听着远方的海浪声。

医生，我错了，而且错得很离谱。我现在终于懂了。

我妈妈她之所以可以撑到这里，单凭我一个人的力量是办不到的。

之前我都不知道，原来藤本医生是这样让我妈妈活到现在。我想，这段时间无论是半夜还是星期假日，他一定也都待在医院，照顾着我妈妈吧。

所以他送我们离开的时候，才会这样说——如果鸭浦的曾我医生表示不能动手术的话，我会过去接你们的，我一定会去，而且再也不把您的母亲交给其他医生——

如果事情真的走到那一步，藤本医生一定会来，而且他会继续照顾我妈妈，继续为我妈妈添柴火，直到我妈妈的生命燃烧到最后一秒钟。

到天国的这一百英里好长。当我走完这段路，我觉得真是个奇迹。

但其实不是这样的，那不是奇迹。大家都跟着我开的那辆老厢型车一起向前。

社长给了我车子和休假。茉莉给了我勇气。放高利贷的片山把他整个皮夹都掏出来。路上在餐厅萍水相逢的那些司机替我们加油,还为了妈妈把冷气关掉,甘愿在大热天里吃饭,个个吃得汗流浃背。

这世上没有早就注定的结果。

正是因为有大家的好意,我才能走完这一百英里。无论少了谁,我都不会成功。

哥哥他们、英子、孩子们,还有我从没见过的老爸,大家都成为我的力量。有了那些力量,我才能走完到天国的这一百英里。

只要缺少任何一样,我都不能像现在这样站在这里。

最后,安男开口说了句他无论如何都想讲的话:

"曾我医生,如果我妈妈能够活下来,我想重新站起来,重新成为一个幸福的人。"

公寓房间大概三坪左右。曾我医生打开靠海的窗户,拉开一瓶啤酒罐的拉环,送至安男面前。

"好像学生宿舍哦。"

曾我医生盘腿坐下后,从塑料袋里拿出菜肴。

接着,曾我医生讲了段关于海的事情,但安男却一点也不在乎。

"其实呢——鲔鱼、柴鱼它们都有心脏啊。那是当然的嘛,心脏是输送血液的泵啊。人类的心脏差不多这么大吧。"

曾我医生握拳置于胸前。

"还蛮小的啊。"

曾我的手出乎意料地小而精致。

"是啊。但它小虽然小,却很能干呢。心脏每分钟送出大约五公升的血液,换算成一天的话,就是七千两百公升。血比水重一点,这样重量算起来大概是 7.5 吨。"

"7.5 吨?!"

"而且你知道吗?动脉血从左心室出发,经过全身回到右心房,这个循环只要二十秒。在短短二十秒里面,血液就把氧气还有营养送到全身,再回到心脏。"

"二十秒……"

"嗯,我到现在也还没有办法相信。一想到自己的身体竟然这么神奇,就觉得不可思议。然后呢——"

曾我医生伸出握拳的左手,右手则拿着一支红笔。

"因为心脏本身也是一个器官,所以它当然也需要血液来维持运作。而把血液送到心脏的就是冠状动脉,冠状动脉就像国王的王冠一样围着心脏,像这样……"

红笔在拳头上描绘冠状动脉的血路。

"这个冠状动脉会变窄是因为胆固醇累积在血管内侧,导致血液运行不流畅,严重的话就成了狭心症。只要血块一堵在这里,血液就会流不过去,引起心肌梗塞,心肌一梗塞,前面的心脏就会马上坏死。妈妈目前是严重的狭心症,很多地方都变得很窄。嗯,与其说很多地方,不如说她冠状动脉整个都变得很细。

而藤本医生一直在控制她的胆固醇还有血糖，并用沃法令阻凝剂避免血液凝固，再加上血管扩张剂——就是硝基甘油——来改善狭心症。内科治疗很困难，要有很大的勇气。如果硬要降低血糖值，可能会导致血糖不足；而一直使用沃法令阻凝剂，万一脑出血就完蛋了。这些药物也都会造成肾脏的负担，所以必须很小心地全面管理才行。嗯——如果是轻微的狭心症，可以放支架或气囊来治疗，这就是春名先生的专长了。说到这项技术，他的确是日本第一：就连我也没有把握。首先呢，先把放了气囊的导管摆在狭窄的部位，再让气囊膨胀，这就是气囊疗法。再来，把支架或线圈放在狭窄部位，以确保血管内腔空间的就是支架疗法。但因为妈妈的冠状动脉都很细，所以这种局部治疗没有办法处理。只剩最后一个办法——"

曾我医生张开画了冠状动脉的左手，拉开一罐啤酒。

"喝吧，不要客气，你还可以喝吧？"

"那我就不客气了。"

安男开始咕噜咕噜地喝下第二罐啤酒。

"吃一点鲔鱼吧。不是每间医院都可以每天吃生鱼片的，而且这可是才刚捕上岸的鲔鱼哟。低卡路里、高蛋白质是医院伙食的基本原则。"

"你能动刀吗？"

"什么？"

曾我嘴里嚼着鲔鱼，脸上浮现微笑。

"啊……你是说能不能动手术吧？可以啊。其实不只是春名先生会怕，我想不管是谁看到妈妈血管的 X 光片，一定都会吓到的，而且他们会说'不'也很正常。可是，我不一样：'好'、'好'、'好'，我会连说三个'好'吧。"

"三个吗？"

"要我说明吗？"

"麻烦您了，请尽量说得简单一些。"

"当然。"

曾我医生再度握起左手。

"我们要沿着冠状动脉重新做一条新的通道，让血液可以从这里经过：就是人家说的冠状动脉绕道手术。如果动脉已经硬化或者狭窄的部位太广，就只剩这个方法了。我打算这样做，首先从脚里取出下肢大隐静脉……"

"脚！？"

"对，大腿。然后呢，切开胸腔，剥下锁骨后方的内乳动脉，这左右各有一段，说不定两段都会派上用场。还有就是胃的网膜动脉。"

"胃吗？"

安男下意识地用手捂住腹部。

"对。就是把血液送到胃的动脉。小心地把这条动脉剥下来以后，让它穿过横膈膜，直接接到心脏。血液经过新的通路后，妈妈的心脏就可以动了，原本已经累到不行的血管也可以休息。

一分钟送五公升,一整天七千两百公升,也就是 7.5 吨的血液。怎么样?有问题吗?"

曾我医生一口气喝下整罐啤酒,对着窗外的黑暗高声笑道。

这个人到底是谁。

在一百英里旅程尽头等候的这个男人,到底是何方神圣。

月光洒在他白袍的肩膀上。

"阿安,我跟你说……"

医生亲昵地叫着安男。

"我听妈妈讲了整整一个小时呢,就连镇静剂都没效。我把妈妈带到病房之后,妈妈她就很兴奋,一直在讲你的事情。"

"我的事情吗?"

"她说泡沫经济垮了以后,你的公司也跟着倒了。还说你决定要跟人家借那台老厢型车,自己载她到这里来,真是厉害。"

妈妈究竟说了些什么。他脑海里浮现出妈妈抓住医生白袍的衣袖,毫无保留,说着阿安长阿安短的身影。

"她好像一直放在心里。"

"觉得自己不能丢下这个孩子就死掉吗?"

"笨蛋,不是这样的。妈妈说了,其实不管我活下来或死掉都没有关系,但是,如果我就这样死了,安男他一辈子就完蛋了。如果我继续活下去,安男也会跟着活过来。所以医生,求求你救救我。你刚刚在门口的时候也说了吧,说你会重新站起来,重新成为一个幸福的人。那时候,我眼泪都掉出来了呢。"

"谢谢您。"

安男只能说出心里想着的话，两手扶着榻榻米。

"我讨厌医生。我在医学院念书的时候，愈念就愈讨厌医生。那些人，个个都是贪心鬼，每天穿着干干净净的白袍在医院里巡诊，真是笑死人了。因为我没什么家教，看到那些人我就气。我最讨厌权威了。如果想赚钱，干吗不去做生意？我什么都不想要，只要有空，我就想救人，我想让那些随时都可能消失的生命，延长个一分钟，就算只有一秒钟也好。你不要跟我说什么谢谢啦，我不喜欢人家跟我说谢谢，只有权威才会被感谢。抵抗病痛是人类生存的权利，而帮大家抵抗病痛，是医生的权利。"

"不是义务吗？"

"不是，是权利。因为喜欢所以去做，这叫权利。请让我帮你妈妈动手术吧。好吗？"

安男发现，曾我医生在征询自己的同意。

他是神。

他不是拥有神来之手的医生，而是肉眼看得见的神。

垂肩的神穿着脏脏的白袍，淡淡地继续说道：

"小时候，我就跟父母分开，被其他长辈带大。不管是在家里还是学校，我一直被别人欺负，是个爱哭的胆小鬼。现在也是啊，每次要动手术的时候，我都怕得要命，晚上也睡不着。所以像这样每天动手术还真不好受。我们有一个团队，一天进行好几场手术，这样下来，一年就做了一百五十次。是日本第一，说不定还是世界第一。不过,我还是会怕,怕得不得了。虽然我平常不讲,但希望你能了解。我的确是因为喜欢才动手术的,但绝对不是因为开心。我不想把它当做是我的义务,因为我是救人的医生。如果我不觉得那是我的权利,说不定病人就会死在我手上了。虽然妈妈的手术很难,但我还是会动刀的,因为我是靠手术救人的外科医生。阿安,你懂吗?"

19

……原来如此。那你会一直在这边吧？那你吃饭怎么办？有好好吃饭吧？

妈妈的手术是明天吧？没有，我没跟妈妈说到话，我怕她多想。我是问护士小姐才知道的。

对不起，打电话来吵你。可能我现在这样，你会觉得我多管闲事，可是我真的没办法冷静。

当然我也担心妈妈的事，可是我也一直在想你的事情。我打电话到公司，他们说你已经一个星期没进公司了，社长他也很担心，你记得打个电话给他。

你身边有钱吗？我今天汇了一些钱到你户头里，不多就是了。

你不要逞强，如果医药费不够，就跟哥哥他们商量一下嘛。如果你开不了口，那我帮你去跟他们说。

对不起，之前我一点忙也没帮上。如果有什么我可以做的，你一定要告诉我,我会尽量帮忙的。

孩子们很好,他们很想你呢。

安男,我跟你说一件事。可能你会觉得这时候我干吗还在电话里讲这些,可是请你听我说。好吗?

关于以后的事情,我跟孩子们商量过了。嗯……应该说是大助跟小满他们两个人讨论了以后跑来找我,说有事要跟我讲。

真的。我本来想说这两个孩子躲在房间里在做什么,没想到他们一脸认真地跟我说,我们想跟爸爸住在一起,希望大家可以住在一起。

我好惊讶。孩子们平时都装得一副若无其事的样子,可是其实他们什么都知道。

大助还在笔记本上写了具体的计划,然后念给我听。现在在我这里,我念给你听哦。

一、等奶奶病好了以后,大家一起搬到石神井的公寓。大家是奶奶、爸爸、妈妈、大助、小满。

二、大助跟小满不要补习还有学钢琴。放学以后或者星期六、日到图书馆念书。

三、妈妈去超级市场上班。大家轮流煮晚餐。

四、不要的家具卖给二手商店,车子也卖掉。

五、爸爸、妈妈都要戒烟。

他们才念到一半我就哭了,他们好认真,表情都很严肃,我想他们一定想了很久。小满原本也快要哭了,大助就跟她说,我们不是已经讲好了吗?振作一点。

我跟你说件事,可能你不会想听。但我想我没有办法看着你的脸说,也不会再提第二次了。

我跟那个人已经结束了。

你问我为什么?因为我总不能继续这样下去吧,我也还有一点自尊心啊。

我那时候只是因为有点寂寞。这原本不应该告诉你的,也不应该把孩子们牵连进来。这点我会反省。

我明明知道不能这样下去,可是就像吸毒一样,戒都戒不掉。

现在我很讨厌自己,真的很讨厌。我离开你,还跟你要那么多生活费,都是为了两个孩子。可是那件事不一样,我是为了我自己,我好自私。

公司倒闭的时候,我一直想着要怎么保护小孩。说真的,我完全没有想过你的事情:那时候一片混乱,我根本管不了那么多。我只有想到一件事,我不能因为我们的事情就毁了孩子们的人生。

其实我那时候都没有回娘家去说,可是我有到石神井找妈妈谈。妈妈那时候跟我说,就算离开安男也没有关系,可是不能丢下两个孩子。

她说,我一个女人把四个孩子带大,你只有两个,不可能养不活的。

可是我没有妈妈那么坚强。我一直依赖你，因为我相信你，我想要相信你。

我知道我很天真，可是我真的不知道你过得那么不好。你以前呼风唤雨的，我觉得你一定可以负担得起我们的生活费。对不起……真的。

妈妈从来都不会偏袒你。我到石神井看她的时候，她会问你有没有拿钱给我，还说我不能心软。

我真的觉得她好伟大，她什么都知道。

她也知道那些钱是你和孩子们之间唯一可以在一起的办法。对你来说什么才是幸福，妈妈她都有想到。

是一个叫茉莉的小姐，她告诉我你这两年过着什么样的日子，才可以一直给我们生活费。

她很爱你。虽然她的语气很糟，可是我就是知道。她应该很爱很爱你，爱到自己都不晓得该怎么办才好。

女人真是种温柔的生物，虽然我不是。

我想茉莉小姐一定一直在想，要怎么做你才会幸福吧。

那个人跟我见面的时候态度真的很差，不，应该说她装出态度很差的样子。可是她的眼睛里都是泪水，中间还去了好几次洗手间。一回到座位，她又开始骂人。

你爱茉莉小姐吗？

我在想，如果你爱茉莉小姐的话，你就别管我们了，去让她幸福吧。我会跟孩子他们说的。

可是如果你不爱茉莉小姐的话,你就不能再这样下去了。虽然我们之间发生了很多事情,可是我还是希望可以实现孩子们的愿望。

我自己都搞不清楚我爱不爱你。你也是吧?

就算你一辈子都不原谅我也没关系,因为我也没打算要原谅你。

可是,安男,你要想一想。有多少人因为我们而不幸?我们还要继续麻烦大家吗?

时间也不早了,我先挂了哦。

喂,你还在吗?

手术一定会成功的,我会祈祷一个晚上。

虽然我不知道自己爱不爱你,但我很爱妈妈,我很尊敬她。

离开你让我最难过的,就是在妈妈生命有危险的时候,我什么事都不能做。

她教我太多太多事情了。

我一直觉得,我是妈妈第五个小孩。

对不起,我一直说自己的事。你好好休息吧。

那,晚安了。

"城所先生——哎呀呀,怎么没有铺床就睡了呢。"

护理长穿过庭院呼唤安男。

看样子自己趴在折好的垫被上，就这样睡着了。

护理长拉开状况不太好的纱门，天空灰蒙蒙的一片，衬托着她那袭水蓝色的修女服。潮湿的风吹了进来。

"台风好像要来了。你听，海浪声愈来愈大了。"

真是个不吉利的早上。护理长望向发出低鸣的天空，说手术早上八点三十分开始。

"那么早吗？"

"好像会蛮花时间的。在您母亲麻醉前去看看她吧。"

安男叫住转身就要离去的护理长。

"请问曾我医生现在在哪里？"

"他现在在教堂。你要跟他打招呼吗？"

"嗯，请您带我过去好吗？"

仿佛早就瞄准好了，当两人走出玄关，一粒风砂随即飞进安男眼里。两人走在松树林间的小径上，护理长的衣摆不断随风摆动。

"您已经在这里留了一个星期吧？工作没问题吗？等手术结束后，就可以放心交给我们，您只要隔三差五来看看就行了。"

住院的这一个星期，妈妈的病情不断地发作。手术之所以比预期的要早，不是因为她状况稳定，而是因为不能再这样拖下去。

"今天只有您母亲一场手术，心脏外科要全体应战。"

护理长察觉自己可能说了让人感到不安的话，于是赶紧转移话题，和安男聊起台风的事情。

"每年这时候都会有台风。当台风通过海面，低气压的涡流就近在眼前，好像伸出手去就可以碰到。"

在松树林里走了好一段路，医院深处有一间小小的教堂。

牙医长田蹲踞在植土中，照料着庭园里的花儿。大胡子的他留意到安男的身影，便举起手中的铲子，露出微笑。

"嘿，假牙的状况怎么样？你该不会偷吃饼干吧？"

"你那么早就在整理花园吗？"

"这里的护士一点都不温柔，好像以为花就只有花店卖的那些而已。我跟你说，园艺就跟治疗牙齿一样。"

护理长笑着说，大家都很忙嘛。

"我也很忙啊。奶奶，你等着看吧，明年春天这个教堂前面，就会开满德州品种的黄玫瑰。"

当他们擦身而过的时候，牙医将手环绕在安男肩后，眨了眨一边的眼睛。

"祝你好运，希望你今天过得开心。"

护理长一打开教堂的门，大提琴的音色便自门缝流泻。

"快要结束了，您就听一下吧。"

一名神父在祭坛前祈祷，他身后是演奏巴哈的曾我医生。自彩绘玻璃洒下的晨光笼罩曾我医生高大的身躯，他则随着琴弓左右摇摆。

"拉得很好吧?听说史怀哲博士是管风琴家,曾我医生也很了不起呢,上帝真是眷顾他们。"

正在拉弓的曾我悄悄地将脸转了过来。

巴哈无伴奏大提琴组曲结束以后,曾我随即开始演奏一首安详的曲子。

If you miss the train I'm on

You will know that I am gone

You can hear the whistle blow

A hundred miles

A hundred miles, a hundred miles

A hundred miles, a hundred miles

You can hear the whistle blow

A hundred miles

如果你没搭上这班火车

你会听着一百英里外的汽笛声

在心里送我离开吧

一百英里　一百英里

一百英里　一百英里

你听,那是火车的汽笛声吧

一百英里外的汽笛声

Lord, I'm one. Lord, I'm two

Lord, I'm three. Lord, I'm four

Lord, I'm five hundred miles away from my home

Five hundred miles, five hundred miles

Five hundred miles, five hundred miles

Lord, I'm five hundred miles away from my home

一百英里　两百英里

三百英里　四百英里

故乡远在五百英里外

五百英里　五百英里

五百英里　五百英里

故乡远在五百英里外

Not a shirt on my back

Not a penny to my name

Lord, I can't go a home

This a way

This a way, this a way

This a way, this a way

Lord, I can't go a home

| 227

This a way

If you miss the train I'm on
You will know that I am gone
You can hear the whistle blow
A hundred miles

我没有衣服
我没有半毛钱
我不能回去
这是我的路　这是我的路
这是我的路　这是我的路
我不能回去
这是我的路

如果你没能搭上这班火车
你会听着一百英里外的汽笛声
在心里送我离开吧

当曾我医生把琴弓放在膝盖上，他沉沉地叹了一口气。
神父自祭坛转过头去说：
"医生，您要祷告吗？"

"你怎么老是问同样的问题,我不祷告,我们又不是在泰坦尼克号上面。"

"那么,愿主祝福——"

"不用了。你帮我把大提琴收一收吧。"

曾我放下乐器,伸出手去拿他随意丢在一旁的白袍。满是脏污的圣袍在彩绘玻璃的光芒中随风飘扬。曾我一面穿过袖子,一面自微暗的通道走了过来。

"护理长!我好了。我要帮这家伙的妈妈做一个就算死了也不会停下来的心脏哦!叫大家到会议室集合!"

20

　　曾我医生跑步穿越遍布草皮的庭院，医院正要进入早餐时间，只见他快步在走廊上的餐车间穿梭。

　　安男亦步亦趋地紧跟在后，直到电梯厅才停下脚步。一个身着西装的男子在和曾我医生打招呼。

　　"喂，阿安，妈妈的主治医生特别休假赶过来呢。"

　　藤本医生来了。他在凌晨时分的高速公路上奔驰，追了一百英里才抵达这里。

　　"名片就免啦，我看病历就知道了。"

　　曾我将藤本推进电梯，并伸手拉了安男一把。

　　"你觉得有什么事情要注意的。"

　　抬头看着楼层显示的曾我有些焦躁。而藤本仍一如往常，面无表情地问道：

　　"我想了解一下手术前的用药情况。"

"你很在意吗?"

"是的。"

"住院以后我就停了抗血小板药物（Ticlopidine）、阿司匹林，改用钙拮抗剂和亚硝酸剂，然后呢?"

"β阻断剂呢?"

"虽然手术前应该要停用，但我们却不得不继续用。毛地黄（Digitalis）在四十八个小时前就停了。"

"沃法令呢?"

"慢慢减量，我还不敢整个停用。"

"原则上七十二个小时前要全面停用的，我有点担心。"

"如果是你会怎么做?"

"我应该会跟您一样，这样应该比较好。"

"我用药没问题吧。"

"嗯，太完美了。"

电梯门在三楼打开以后，两位医生便往手术室走去，医疗团队已经在会议室前等候。穿上蓝色手术衣的医生个个都很年轻。

"那就拜托您了。"

藤本停下脚步后说道。而曾我往他肩上拍了拍，满脸狐疑地说:

"喂喂喂，你要去哪里啊?"

"我去外面等。"

"那种事交给她儿子就行了。你难得来一趟，就留下来看我的手术吧。"

"在手术室里？"

"是啊。医生，我跟你说，过了那扇门就像上战场。你都已经到前线来了，怎么可以说'那就拜托您了'呢。"

藤本用手推了一下满是油垢的眼镜，环视着走廊上的医疗团队。

"手术进行的时候，我可以发表意见吗？"

"可以啊，不过指挥官是我哦。"

"那是当然。"

"你好好看着吧。回去以后记得跟教授报告。"

曾我医生双手在胸前交叉，看了安男一眼。随后，他便跟着年轻、坚强的阵容往手术室移动，他自顾自地说：

"春名学长冠状动脉绕道手术的成功率是百分之百，而我是百分之九十五，那表示我有百分之五会失败，希望你了解那百分之五的意义。我跟春名先生一样害怕失败，只是有没有勇气动刀而已。我有一大堆事情想要告诉日本全国的胆小鬼，但我不会用嘴巴说，我的手术会帮我说话。"

妈妈躺在靠窗的病床上，窗外可以看见海景，而手术的准备工作已告完成。

也许是麻醉起了作用，戴着白色帽子的妈妈表情十分安详。

"阿安——"

妈妈像呼唤婴儿般叫着安男的名字。

全部都动起来了。为了让妈妈活下去,战场上攸关人命的武器与士兵们,全都动起来了。

"妈,藤本医生刚刚就到了哦。"

妈妈才一点头,眼泪就流了下来。

"他好像有到这里来,可是我那时候在睡觉。"

"他现在在手术室里。"

"这样啊,那不就如虎添翼了吗?我很想见见他,不过等我进手术房,又会睡着了吧。"

安男看着狂乱的海面。一波接一波的大浪就像野兽挥舞着它的双手,接着在岸边化成千万碎片。突出海面的堤防被阵阵海水冲刷,而聚集在地平线那端的乌云,是暴风雨的根据地吧。天空又暗又重,不停地发出低鸣。

"哥哥他们就快到了。"

妈妈闭上双眼听着安男的谎言。她应该不会相信吧。

"这时间太早了,他们一定来不及赶来。没关系,等我醒了以后,再跟他们说话。"

妈,不是这样的吧。

你一定在想,说不定你永远都不会再醒过来了吧。

"阿安,如果你见到你哥哥他们,帮我跟他们说,一个一个讲哦。"

"讲什么?遗言吗?"

安男又哭又笑的。

"你跟高男说,要他当上社长,跟他说他一定可以的;跟秀男说,盖一间不输给这里的大医院,然后自己当院长,跟他说他一定可以的;跟优子说,要她当银行总裁夫人,跟她说秋元先生一定可以的。"

"妈,别说了。够了,够了,大家干吗都得这么伟大才行。"

"因为我不希望你们输给别人啊,我不希望围在餐桌上念书的你们输给别人,我不希望你们输给那些有高级书桌,每天到补习班念书的小孩。"

"你放心,我们没有输给他们啦。"

"妈妈已经尽力了。可是我还是只能勉强让你们吃饱,其他的你们都得靠自己。你帮我跟大家说对不起,大家一定很恨我:都是我,我让大家过得那么辛苦,所以大家才不想看到我啊。"

"妈,别说了。"

安男怀抱着突然崩溃的妈妈,她放声地哭了出来。

"然后……你帮我跟英子小姐说……"

"英子?"

"帮我跟她说,要她当有钱人的社长夫人,告诉她你一定可以的。重新……再一次……阿安,好不好?你要再站起来……你一定可以的。"

妈妈陷入昏睡状态。安男抱着她毫无光泽的脸庞,听着她细微的呼吸声。

暴风雨占据了整片天空,海浪开始猛烈咆哮。

但愿妈妈能醒过来。她完全忽视了自己存在的价值,并为她的一生感到后悔而自责,她怎么能就这样死去。

安男想,妈妈自从爸爸过世后,便不停地追逐着一道彩虹,直直地向前、眼睛一眨也不眨地追着天空另一端的那道彩虹。追逐着永无止境,不,应该说不存在于这个世界上的人生——只扮演妈妈这个角色的人生。

"城所女士,要出发了哦。"

护士们将推床推进病房。

"她睡着了。"

年轻护士将妈妈如布娃娃般的身体移至推床上,护理长轻轻地推了一下安男。

"跟她去吧,她应该听得见你的声音。"

安男什么也看不到,什么也听不到。他只想起了四十年前的冬天,这个小小身体的主人把自己生了下来。

"妈,你不能死哦,我不要你死。我还有好多话想跟你说,还有好多事情想要问你。妈,你听到了吗?你不能死哦。"

妈妈微微睁开眼睛,握住了安男的手。

"哥哥他们才不恨你,大家都很爱你。可是因为他们很成功,实在太忙才一时走不开,只有我,只有我这个笨蛋有空来陪你。妈,你不能死哦。你不能让哥哥他们哭哦,你老是说不能为我们做什么,那你可别让哥哥他们哭哦。妈,你听到了吗?

推床好比一艘船,航行在走廊上,朝着手术室前进。

往两侧推开一道道门,掀开未知世界的序幕。

在最后那扇银色大门后等待着妈妈的,是背负着光芒,身穿手术衣的医疗团队。

"到这里就可以了,接下来就交给医生们吧。"

手术室内的护士接过推床,而妈妈的手则是交给了藤本医生。站在一群高大的外科医师之中,藤本的身影看起来就像彼得潘故事里的小精灵。

曾我伸出他消毒后的双手,先是看了看安男,再低头俯视妈妈的表情。

口罩里微闷的声音震撼了周遭的宁静空气。

"Open your heart."

这句话代替了其他口号,让高傲的战士们一同唱和。

"Open your heart."

妈妈的生命掌握在神的手里。

终章

术后恢复情形良好，三个星期后就可以出院。再过一阵子，就能回到平日的生活吧。

问题是出院后谁来照顾她呢？安男得重返工作岗位，但总不能把妈妈一个人丢在家里吧。

妈妈说，她想麻烦英子小姐陪她一阵子。

安男知道，她不是想把自己的身体当做让两人复合的借口，对她来说，说不定比起姐姐还是嫂嫂，英子更能让她安心。

如果是这样的话——他已经能预见自己的未来。他只能把这两年的空白当做一场梦。

他无法面对茉莉的笑容。虽然一切都是男人的错，但茉莉还是会笑着目送情人离去吧。

安男想，就把这两年的生活上锁，而茉莉就是一个再也不会有交集的好友。

"你也太过分了吧。"

爸爸的声音在耳边响起,他的身影被夕阳拉得长长的。

"老爸,你会怎么做呢?妈说你是个很善良的人。"

"不知道啊……光是善良不能解决事情吧。这件事太沉重了。"

"我到现在还在犹豫。其实跟茉莉在一起,也是一种选择。"

"无论如何,你一定要做个决定,不能拖泥带水。再也不会有交集的好友……这太自私了。"

"你真的很善良,其实我也知道这样很自私。"

"那你就要好好跟她说清楚,而且该做的都要做才行,至少你得私底下把这两年的薪水还给人家。"

"用钱来解决吗?这不太好吧。"

"不然你还可以做什么?这不是用钱来解决,人家这两年为了你还有英子尽心尽力,你也要拿出诚意来啊。"

"茉莉一定会说不需要的。"

"那你就汇到她户头吧,她总不会再退还给你吧。阿安,我跟你说,对茉莉小姐来说,你是单方面的加害者哦。你什么正当理由也没有,就在那孩子的怀里度过了两年。你们不是互不相欠,至少你没有像她爱你那样爱她。你一定要握着她的手跟她道歉,你要承认自己利用了她,不要找借口。你在人生中最黑暗的这两年利用了她,所以你才能活到今天。"

自商店街向左转,沿着神田川方向步下斜坡。睽违两个星期的这段路带领自己前往被时间遗忘的故居。

每转一个弯，自己就离茉莉的温暖近一些。

安男想起他第一次走在这条路上的那个夜晚，他借酒意牵住茉莉的手。至今，他仍然记得茉莉手掌微微出汗的触感。

那天晚上他们第一次发生关系时，茉莉是这么说的：

"安男，我可以喜欢上你吗？只要一下下就好了。一年，最长两年之后，你就会过得比较好了，因为其他男人也是这样。到时候我会跟你说再见，就算舍不得，我还是会跟你说再见。"

这是我的兴趣。茉莉把脸埋在安男胸前笑了。

秋天的黄昏特别短暂，一下子天就黑了。当安男走进罩了一层纱的小路，看见尽头那栋三层楼的建筑时，他的心失去了平衡。

Open your heart.

若是打开心房，诚实地面对自己，自己会选择放弃茉莉吗？

走完一百英里的那个晚上，他对茉莉说的那句爱她是真的。就算他没有办法像茉莉那样爱上一个人，她的活力和热情都是他缺少的，但自己真的爱她。

那不是因同居而产生的情感，也不是面对少有人爱的女人而起的怜悯之心。

他爱茉莉。当他因周遭环境被迫考虑放弃茉莉的时候，他明白自己是打从心底爱着茉莉。

Open your heart.

诚实面对自己就不会违背良心。他不想失去茉莉。

他在公寓门口与菲律宾人擦身而过。

"哎呀,茉莉小姐不在哦。"

"好久不见,你这么早就要出门了吗?"

"茉莉小姐,不在哦。"

"没关系,我有钥匙。"

菲律宾人不时回过头看着安男,之后就消失在夜的另一端。安男用钥匙打开公寓的门。

然而,出现在他眼前的却是一片沙漠,一个被霓虹灯笼罩的空房间。

可以看见新都心摩天大楼的这间公寓里什么也没有,只有一盆干枯的松叶牡丹被遗忘在房间的正中央。

花盆下有一张广告传单,茉莉不甚工整却温暖的字迹在它背面写着——

  安男,谢谢你。我好高兴。

  我好爱好爱你。

    茉莉

安男抓紧茉莉的留言,跪在地板上。

除了帮她浇花,他还可以为那个澄澈的女人做些什么呢?除了掉眼泪,除了叹息之外……

在他空虚的胸口,那首歌的旋律再度响起。

如果你没搭上这班火车

　　你会听着百英里外的汽笛声

　　在心里送我离开吧

　　一百英里　一百英里

　　一百英里　一百英里

　　你听，那是火车的汽笛声吧

　　一百英里外的汽笛声

没有衣服、没有半毛钱，那个用尽生命爱人的女人打算永远走在往天国的路上吗？一百英里、两百英里、三百英里、四百英里、五百英里……

为了她心爱的男人，奉献她的一切。

当安男缓缓地唱完这首歌，他抱着那盆干枯的花，听见远方传来阵阵的汽笛声。